元構造解析研究者の異世界冒険譚 10

ADVENTURES OF A FORMER STRUCTURAL ANALYST

犬社護

INUYA MAMORU

ガーランド
惑星ガーランドの神。
アッシュ
シャーロットの旅に
同行する冒険者の少年。
突っ込み属性の
持ち主。
リリヤ
アッシュの奴隷と
なった少女。
『鬼神変化』によって、
白狐童子に変わる。
シャーロット
本編の主人公。家族だけでなく、
精霊からも愛されている少女。
前世では構造解析研究者
「持水薫《もちみずかおる》」だった。
転移魔法を探して
旅をしている。
CHARACTER

マリル
エルバラン家のメイド。
シャーロットの
姉のような存在。
ジーク
エルバラン公爵家の
当主で、
シャーロットの父。
エルサ
シャーロットの母。
ラルフ
シャーロットの兄。

プロローグ　エンシェントドラゴンたちとの会談

シャーロット・エルバランは仲間や従魔たちと協力して、スキル販売者の『ユアラ』と黒幕の神『厄浄禍津金剛《やくじょうまがつこんごう》』に引導を渡す。

ユアラ自身は、惑星ガーランドの世界をＶＲと思い込んでいたために、遊び感覚で様々な悪事を働き、世界に混沌《こんとん》をもたらした。だが、本来の彼女は少し気の強いだけのお嬢様で、完全に善側の人間である。だから、全ての真実を知ると、どうやって罪を償えばいいのかわからず、心を壊しそうになっていた。しかし、女王クロイス・ジストニスが手を差し伸べたことで、彼女の心も幾分落ち着きを取り戻す。

ユアラへの罰の一部が決定したことで、神ガーランドは彼女を地球へと帰還させたが、それだけでは大勢の人々を間接的に殺《あや》めた罪の償いにならないと考えた。そこで、地球の神々とも相談し、惑星ガーランドで重ねた彼女の経験を基に、『陰陽師《おんみょうじ》』としての役割を与える。シャーロットのあずかり知らぬところで、彼女は戸惑《とまど》いつつも役割を全うし、いずれ日本中から注目を浴びる人物へと成長するのだが、それは別のお話だ。

シャーロットはというと、神『厄浄禍津金剛』の企みを退けたものの、その過程にいささか問題があった。

『従魔たちへの巨大化お仕置き［お尻ぺんぺん］』

『厄浄禍津金剛へのお仕置き［封神台ランダムルーレット］』

その様子を見た人々にとって、彼女のやったこの二つのことは、衝撃的で、心に深く突き刺さった。それはお仕置きが行われた地、フランジュ帝国の皇帝ソーマ・グリュッセルも同じだった。そして、全員が一つの答えに辿《たど》り着く。

『あの子に帝国の新たな皇帝になってもらおう』

謁見の間《ま》で皇帝や臣下たちから打診を受けるが、シャーロットはこれを断る。

受諾していれば、フロストドラゴンのドレイクの危惧《きぐ》する『シャーロットの世界制覇』という別の未来が待ち受けていたので、断って正解だろう。

そもそも、故郷エルディア王国にいる両親や国王たちに与える影響を考えれば、ここは『断る』の一択しかない。

彼女は正解となる選択肢を選び、皇帝たちを説得したことで、新たな局面を迎える。

それは、カムイの両親でもあるエンシェントドラゴンとの出会いだった。

彼らは長距離転移魔法を修得しており、魔法のことが刻まれている石碑の場所も知っているという。シャーロットはその場所を聞き出し、いよいよハーモニック大陸最後の冒険とも言える『迷宮の森』へと足を運ぶこととなる。

だがその前に、エンシェントドラゴンの夫婦は重大な話を伝えるべく、シャーロット、アッシュ、リリヤ、トキワ、カムイの五名だけを連れて、帝城において最も防音性能の高い会議室へ移動する。この五名だけに絞《しぼ》ったことを不思議に思うシャーロットであったが、あえてみんなのいる場では何も言わず、夫婦の言う通りにした。

○○○

私――シャーロットたち五人は、カムイの両親とともに会議室へ移動した。

こうやって人間の姿で貴族服を纏《まと》う茶髪の二人を眺めると、どうしてもアクアドラゴンのシヴァさんやラプラスドラゴンのプリシエルさんと比較してしまう。大きく異なるのは、存在感の濃淡だ。ドラゴン族最高位のエンシェントドラゴンなのに、シヴァさんと比べると、どうしても希薄に感じる。ある程度の強さを持つ人なら、二人の身に宿す強さをすぐに認識できるけど、一般人だとまず気づけない。多分、その土地の人と似た服装を着ると、周囲に溶け込んでしまうのだろう。

また、この案内された会議室は、帝城でも機密レベルの高い会談をする場所だけあって、防音性だけでなく、襲撃に備えて、壁、入口、窓、天井全ての材質に物理魔法両方に耐性のあるものが使用されている。ただ、それは他国の間者《かんじゃ》に対するもので、この国の貴族は、安全のためにこの鉄壁の防壁を素通りする術《すべ》を持っている可能性が高い。だから、私は会議室の内側にスキル『ダーククレイドル』を発動させる。

ユニークスキル『ダーククレイドル』
内部から発せられる全ての音を遮断し、また外部にいる全ての者の侵入を不可とする。

私のこの行動に、トキワさん、エンシェントドラゴンのロベルトさんとカグヤさんの三名がほんのわずかだけど、顔の表情を動かす。

「さすが聖女。この視認不可の結界の効果は、おおよそわかる。私たちでも破壊することは困難だ。これから話す内容は重要なものだから、その配慮に感謝する」

ロベルトさんの顔は真剣そのもの。十中八九、話は転移関係だろう。この魔法の情報は、ジストニス王国やサーベント王国でもほとんどなかった。転移の研究で一国が滅んだことは、どちらの国でも資料として残されているけど、それ以外の情報は一切ない。

「お父さん、お母さん、僕に人間に変化できる魔法かスキルを教えてよ!!　僕も人間に変身して、みんなと同じように話を聞きたい!!」

カムイが突然可愛《かわい》い我儘《わがまま》を言うものだから、ロベルトさんとカグヤさんも苦笑する。自分だけが魔物形態なので、疎外感があるのかな?

「カムイ、人間に変化できる技は、スキル『人化』と言うの。このスキルを覚えるためには、条件があるのよ。さすがに今すぐできるものではないから、シャーロットの件が解決したら教えてあげるわ。だから、今は彼女の隣で父ロベルトの話を静かに聞いてちょうだい」

カグヤさんの言葉で、カムイもこれから重要な話になることを察したのか、静かに頷《うなず》くと、何も言わなくなった。カムイは○歳だけど知能は高いから、スキルを覚えたら、私と同年代くらいの子供に変身できるかもしれない。私よりも歳上の子供になったら、ちょっと複雑だ。

「君たち五人は、これから転移魔法の眠る迷いの森へ行く。私の見立てでは、二人だけが『長距離転移魔法』を入手できると思っているが、シャーロットという存在がいるため、全員が入手する可能性もある。だから、今のうちに千年前に起きた真実を話しておこう」

千年前の真実？

そういえば、竜王でアクアドラゴンのシヴァさんも、少しだけ話していたような？

「シヴァさんが千年前から各国を見張っていると言ってましたが、その件と関係があるのですか？」

ロベルトさんが真剣な面もちで頷《うなず》く。これは、冗談《じょうだん》とか言わない方がいいね。

「シヴァ――彼女は竜王としてのカリスマ性や強さがあり、神ガーランド様からも気に入られている。彼女がハーモニック大陸を表立って監視しているからこそ、我々エンシェントドラゴンはここフランジュ帝国を基点に、密《ひそ》かにアストレカ大陸とランダルキア大陸を監視することができる」

つまり、上位のドラゴンたちは三つの大陸を常に監視しているということ!?

でも、二百年前に起きた戦争では、一切手出ししなかったよね？

ベアトリスさんからその話を聞いたときも、ドラゴンという言葉は出なかった。

千年前に、何が起きたというの？

1話　千年前に起きた真実

エルディア王国にいるお父様もライダードラゴンと契約していた。でも、人間族の能力限界値を考慮すると、契約できる方がおかしい。もしかして、ドラゴンたちの多くが、人類の従魔としてあえて飼われながら、国家を監視していた？　私の仮説が正しいかは不明だけど、まずはロベルトさんから千年前の真実を聞こう。

「この世界で人類が誕生して以降、二度の文明崩壊が起きている」

文明の崩壊、一つは私も知っている。

「一つ目が約三千年前に起きた『隕石衝突』。宇宙から飛来した巨大な岩石を指しているのだが、その規模があまりにも大きく、人類も魔物も誰一人対処できず、全ての大陸とそこに棲《す》む生物に大きな被害をもたらした」

絶滅こそしなかったものの、これが原因で文明が崩壊した。じゃあ、千年前の出来事でも文明崩壊が起きたということなのだろうか。

「これは天災と呼ばれるものだが、二つ目に起きた文明崩壊は、『人災』によるものだ」

人災となると、やはり戦争が原因なのかな？　ここからが、私たちにとって未知となる内容だからなのか、アッシュさんたちの顔も真剣だ。

「千年前、三つの大陸において、全ての国々が絡んだ戦争が勃発《ぼっぱつ》した。私たちは『世界大戦』と呼んでいる」

世界大戦⁉　こっちの惑星でも起きたの⁉　それも千年前に⁉

「君たちの中で、霊樹と呼ばれる樹を見たものはいるかな？」

霊樹？　それなら……

「僕、リリヤ、シャーロットは、ジストニス王国で実際に見ましたし、加護も貰《もら》っています」

「俺と師匠のコウヤ・イチノイも、アッシュたちと時期は違いますが、同じ霊樹から加護を貰《もら》っています」

そう、カムイ以外の四人は、隠れ里で霊樹と出会い、認められている。

今から話す内容が霊樹と関係している？

「既に認められているのなら、話が早い。いいかい、ここから話す内容は他言無用でお願いする。千年前に起きた世界大戦、その発端は転移魔法にあるんだよ」

ロベルトさんから聞かされた真実、それは驚くべき内容だった——

遥《はる》か昔、神ガーランドは惑星全土で魔法を行使できるよう、『大霊樹』という巨大樹を創り、バードピア王国にある迷宮の森の奥深くに設置した。そしてその補助的役割を担《にな》う霊樹を、アストレカ大陸に二つ、ハーモニック大陸に二つ、ランダルキア大陸に四つ、計八つ創った。霊樹は地殻を経由して大霊樹と繋がっている。

これらの樹々には、二つの特異な機能がある。それは『魔合成』と『可逆変換』だ。

大霊樹は惑星ガーランドの地殻と直結しており、そこからエネルギーを吸収し、魔素を合成し、葉から大気中に放出する。この機構が『魔合成』である。

放出された大気中の魔素は、魔法や生物の魔力回復などに利用される。その残滓《ざんし》は気流に乗って、最終的に霊樹や大霊樹へと行きつき、葉から吸収されると、再び魔素に変換され、葉から放出される。この機構が『可逆変換』だ。

大霊樹と霊樹は、この二つの機構を駆使して、魔素を惑星全土に行き渡らせている。

魔法を行使する上で、大霊樹と霊樹は欠かせない存在で、その分防衛本能も強い。だからこそ、隕石衝突という大災害に見舞われても、生き残ることができた。

ただ、肝心の生物のほとんどが死に絶えたことで、それまで培《つちか》われてきた魔法の技術も失われてしまい、人類は一から文明を築いていくこととなる。結果、文明を取り戻すのに千九百年という年月がかかってしまった。

前回と違うのは、人類はそこからさらに文明を進化させたことだ。各大陸間を行き来できる飛行船や大陸内の移動に欠かせない高速列車といった便利用品を次々と開発し、科学と魔法文明の隆盛を極める。

そして、そこまで便利になったにもかかわらず、もっと速く一瞬で大陸間を移動できる方法として開発されたのが、転移魔法『長距離転移』である。

元々、短距離転移自体は開発されていたらしく、それを基に研究したという。

でも、『短距離』は人の視界から見える範囲での転移となる一方、『長距離』は視認できない場所への転移となるので、目的地の目印となる何かが必要だった。

そこで当時の研究者たちは、大霊樹と霊樹に目をつける。霊樹は世界レベルで研究されており、地殻で互いに繋がっているという事実も判明していた。その特性を活かし、霊樹を介した長距離転移魔法が開発された。

霊樹や大霊樹の持つ魔力で転移を実行しているため、人々はこの魔法を気軽に使用し、大陸間を行き来するようになる。

ただ、人の欲望は底なしだった。霊樹を介した転移だと、各大陸の霊樹にしか移動できないという不満が世界各国から続出した。そこで世界中の研究者たちが一致団結する。彼らは大霊樹を基点にした世界各都市の座標を作製し、その座標を指定すれば、どこからでも長距離転移できるという技術を開発する。

当時の転移魔法系の一人当たりの消費魔力は、今と比べ格段に低かった。そのため、長距離転移魔法がより盛んになっても、霊樹にかかる負荷は少なく、厄災などは起きなかった。

だが、そんな平和な状況は、ランダルキア大陸のとある大国の王太子が暗殺されたことで、事態が一変する。これは、転移魔法を駆使した一瞬の犯行と断定された。問題は、その情報が人為的ミスで漏洩《ろうえい》し、まさに転移魔法によって世界中に拡散してしまったことだ。

これにより、人々が転移魔法を悪用し、窃盗《せっとう》などの犯罪に手を染めるようになり、世界中の治安が悪化していった。支配欲に塗《まみ》れた貴族たちはこぞって同じ手口の暗殺を頻繁《ひんぱん》に利用しはじめる。やがて、内部争いだけでなく、他国との戦争が世界各地で勃発する。

この話を聞いたとき、私は違和感を覚えた。転移魔法の悪用に関しては、多分ゼロにはできない。でも、魔導具や結界などを利用すれば、転移魔法による要人の暗殺は防げるはずだ。暗殺された王太子の国が戦争を起こすのなら理解はできるけど、世界各地で戦争が起きていくのはおかしい。

私がそこをロベルトさんに尋《たず》ねると、とんでもない答えが返ってきた。

「これは後になってわかったことなんだが、どうやら社会の裏で暗躍する組織が各国の要人を操っていたようだ。やつらの目的は『世界規模の戦争を起こすこと』。組織の連中のほとんどが戦闘を好む兵士ばかりで、戦いでしか生きる喜びを得られない異常な連中の集まりなんだよ。一つの国で戦争が起きると、別の国へ移動して、戦争を起こす。それを何度も繰り返すことで、収拾のつかない世界大戦が起きてしまったんだ」

要は、戦闘狂の集まりだね。まるで、かつての鬼人族《きじんぞく》のようだ。そういった連中はどこにでもいる。とはいえ、まさか大きな組織となって暗躍しているとは普通思わないよ。

こうして世界中が紛争地帯となる。

霊樹にかかる負荷もどんどん増大していくが、世界中の人々がそれに気づくことはなく、戦争も終わる気配を見せない。

十年以上続く戦争の中、ランダルキア大陸東部地域の国が、転移魔法を利用した『魔素爆弾』を開発し、ハーモニック大陸ケルビウム山の山頂に投下してしまう。本来の投下場所は、国の首都だったそうだけど、圧縮された魔素の影響で転移位置がずれたらしい。

これにより、ハーモニック大陸の大部分が人の住めない地域となった。

また、戦争の影響で大霊樹や霊樹も損傷を受け、機能を大きく損なってしまう。人類はその重大な影響に気づくことなく、そこからさらに戦争を長期間続けた。

そしてついに大気中の魔素濃度が低下してしまい、世界全土で魔法が使えなくなる。当時の文明は、科学と魔法を融合したものだとはいえ、根幹は魔法に頼っていたこともあり、生活水準がどんどん低下していき、戦争も休戦せざるをえなくなった。

人類はこの異変を調査すべく、霊樹のもとへ赴《おもむ》いたものの、既に七割ほどは枯れており、手遅れの状態であった。

全人類が惑星の危機を感じ取ったことで、ようやく自分たちの仕出かしたことに気づき、再び協力体制を取る。だが戦争の余波は甚大《じんだい》で、世界規模で土地が痩《や》せ細り、魔物が大量に出現し、各地で被害が続出、どの国も国力を維持することで手一杯となり、文明がどんどん衰退していった。そして、戦争が終結してから約三十年後に、全ての国が滅び、文明が崩壊することとなった。

この魔法文明を崩壊させるキッカケとなった転移魔法と各都市の座標は、人々の記憶から失われた。しかし、神ガーランド様により、ダンジョン『迷宮の森』の奥深くに石碑として刻まれることとなった。完全になくしてしまわなかったのは、人類が同じ過《あやま》ちを繰り返す可能性がある以上、『転移魔法の多用は厄をもたらす』という警告を残すためだ。

また文明の崩壊以降、ガーランド様はエンシェントドラゴンたちに、世界に存在する全国家の監視を命令した。今後も文明が発展したら、魔素爆弾や転移魔法が開発される危険性がある。もし、文明を崩壊させるほどの戦争が起こりそうなとき、エンシェントドラゴンを頂点とする全ての上位ドラゴンがその国の上層部を壊滅させる手筈《てはず》となっている。

神は地上に干渉できないものの、こういった非常事態に限り、地上の者を通して介入することが許可されている。というか、また文明を崩壊されてはたまらないので、ガーランド様が上位の神に申請し、特別許可を貰《もら》ったらしい。

だから私があれこれやらかしているときは、怖がってはいたけど、まだ余裕があったのだろう。

転移魔法に関しては、システム自体を大幅に変更したことで、これまでのように霊樹を行き来できなくなった。

ただ、ロベルトさんは『迷宮の森の試練を突破し、祀《まつ》られている石碑に触れた者のみ、長距離転移は使用可能となる』と言ったが、さらに霊樹を介した長距離転移も可能になるという。

そのときの消費MPは、どの場所の霊樹であろうとも五百と決まっている。

ちなみに、私の魔力量であれば、大量のMPを消費するものの、霊樹を介さない転移魔法も行使できるようになるらしい。でも、こちらの方法はいくつかの制約があるし、故郷へ帰るための消費MPはわからないと言われてしまった。私にとって、自分の故郷がどれだけ愛情深く思い入れがあるのか、それ次第で消費MPが変化するらしい。愛情——正直『家族愛』であれば誰にも負けないけど、これればかりは入手してみないとわからない。

2話　Sランクダンジョン『迷宮の森』の脅威

千年前の真実が、あまりにも重い。

裏で戦闘狂集団が暗躍して、各国の要人を巧みに操り、一国一国を戦争へ誘導していく。その手腕は、ただの脳筋集団ではないことが窺《うかが》える。現在でも、どこかで不自然な戦争が起きた場合、こういった集団が関わっているかもしれないから、私も注意しておくべきだね。

「ロベルトさん、師匠コウヤ・イチノイが俺と別れる前日に、いくつか忠言をいただいています。そのうちの一つが、『トキワ、生活水準が今より高くなり豊かになったとしても、決してその水準に呑《の》まれるな、囚われるな。豊かになればなるほど、人々の一部は傲慢《ごうまん》になっていく。自分の正義を貫いていけ、道を踏み外すなよ』というものです」

もしかして、コウヤさんは長距離転移魔法を入手しているのだろうか？

忠告の内容自体が、今聞いた真実からくるものだよね？

それに戦闘狂でもあるトキワさんの場合、今後の経験次第では、ロベルトさんの言った組織の方へ、心が傾く可能性がある。

「コウヤらしい忠告だ。彼は自力で長距離転移魔法を入手し、君と別れた後に、私やシヴァのところへ立ち寄っているよ。その際、『いずれ弟子のトキワがお世話になるかもしれません。もし、あいつと出会って、目が濁《にご》っていた場合は、荒療治でも構わないので目を覚ましてやってください』と頼まれ、こうして君と出会ったわけだが、君の目は真に輝いている。いい仲間を持ち、いい経験をしてきたようだ」

やっぱり、コウヤ・イチノイは転移魔法を入手していたんだ‼

どんな人物なのだろう？　いずれ出会ってみたいな。

多分、今はここハーモニック大陸ではなく、ランダルキア大陸のどこかにいるはず。もしかしたら『トキワ・ミカイツの英雄譚』という形で、この大陸にも情報が届いているかもしれないね。師匠のお節介を聞いたせいか、トキワさんは優しく笑っている。

「ええ、ここにいるシャーロットと出会ったことで、色々な意味で目が覚めましたよ。師匠の言う通り、世界は広い。もし、シャーロットが転移せず、俺がネーベリックを本当に討ち取っていたら、違った結末を迎えていたかもしれません」

そこで私を引き合いに出すの⁉

「あははは、私たちがここで見たあの光景だけで、その意味がわかる。そんなシャーロットが強大な力を自制し、いくつもの国を救っているのだから、君たちが闇に落ちることもないだろう」

私の場合、前世の記憶が非常に役立っている。もし、転生前のミスラテル様との会話で、記憶の消去をお願いしていたら、たとえ同じ仲間と出会えたとしても、私も違った結末を迎えていたかもしれない。もちろん、今後も何が起きるかわからないから、心を閉ざさないよう懸命に生きていこう。

あと、今後生きていく上で、長距離転移魔法の多用は禁物だ。私の場合、魔力量が一万を超えているから、簡単に使える。帰還した後も頻繁《ひんぱん》に大陸間を行き来すれば、当然周辺の人たちも移動方法を気にして、いつかは転移魔法の存在に気づく。もしかしたら、そこからコウヤさんのように自力で辿《たど》り着く可能性もある。そうなったら、いずれ千年前の文明崩壊が実現してしまう。

『大丈夫、君の危惧《きぐ》した未来は起こらないよ。そうならないよう、私が石碑周辺に手を加えているからね』

え、この頭に直接語りかけてくる声は、ガーランド様⁉

『地球から戻ってこられたのですか？』

ユアラの件で、地球の統括神様のもとへ出向いていると聞いたけど、彼女にどんな任務を課すのか決まったのだろうか？

『ユアラへの任務は決まった。自分の罪を償えるかどうかは、彼女次第だろう。シャーロットは、自分のことだけを考えていればいい。さて、ここからはここにいる全員に私の声を聞こえるようにしよう』

ユアラ……彼女は地球にいて、連絡手段もないのだから、考えても仕方ないか。

「みんな、私の声が聞こえるかな？」

アッシュさんたちも、声から誰かを察したようで、緊張感が増す。でも、幼さゆえか、場にそぐわない一言をぽろっと口に出してしまう者が……

「知らない人の声だ。おじさんは誰なの？」

カムイの一言で、周囲の空気が一気に重くなる。特に、ロベルトさんとカグヤさんは、自分の息子を見て固まる。ここは、私がフォローしないといけないね。

「カムイ、声が急に聞こえても、失礼な言葉遣いはダメだよ。姿が見えない以上、相手がお兄さんかもしれないんだよ？」

「あ、そうか!! お父さんのような強い声の人だから、てっきり『おじさん』かと思った」

あ、何気《なにげ》に褒《ほ》めて貶《けな》されたものだから、ロベルトさんがショックで机に頭をぶつけた。ロベルトさんやカグヤさんも、お兄さんやお姉さんと呼べるぐらいの若い外見をしているから、〇歳の息子に言われたら傷つくよね。

「あははは、カムイからすれば、私はおじさんかもしれないな〜。私は神ガーランド。ロベルト、カグヤ、純粋無垢《むく》な男の子じゃないか」

〇歳のカムイだから助かったね。これがアッシュさんの発言だったら、怒り爆発だったかもしれない。

「ガーランド様、息子の非礼を深くお詫《わ》びいたします」

「ガーランド様に対して失礼な発言、誠に申し訳ございません」

ロベルトさんもカグヤさんも、目を閉じて軽く首《こうべ》を垂れる。二人はガーランド様に国々の監視を頼まれているからなのか、アッシュさんたちのような強い緊張感は持っていない。これまでに、何度も話したことがあるのかもしれない。

「構わないよ。さて、シャーロットたちのおかげで、無事に厄浄禍津金剛とユアラの二人に引導を渡すことができた。この時点でシャーロットに転移魔法を渡し、私の力で故郷へ帰してあげたいところなのだが、神にも制約がある以上、個人に対するそういった過剰な行為は許されない」

師匠の天尊輝星《てんそんかがぼし》様に睨《にら》まれているし、私は『簡易神人化』や『簡易神具制作』というチートスキルを貰《もら》っているから、これ以上私ばかり贔屓《ひいき》していると、絶対怒られるね。

「そこで、せめて『迷宮の森』へ転移する際の魔力は、私が負担してあげよう」

それは、ありがたい!!　これだけの人数で転移する以上、ロベルトさんとカグヤさんへの負担が気がかりだったもの。

「でも特別扱いはいいことだけじゃない。転移魔法が刻まれている石碑へ行くためには、当然ダンジョンに仕掛けられた罠を突破しないといけないが、その中の一つに、私自らが設計した特別仕様のものを用意しておいた。シャーロット、アッシュ、トキワ、リリヤの個人用に開発している。それをクリアしないと、石碑へは到達できない。これはいわば、帰還するための私からの最後の挑戦状だ」

ふふ、面白い。

帰還するために最後に立ちはだかる壁が、ガーランド様なんだね。

神自らが設計しているのだから、相当な難易度だと思うけど、必ず突破してみせる!! 迷宮の森は三千年以上前に製作されたダンジョン、その情報を仕入れてから挑もう。

「四人とも気楽に挑めばいい。ただ、ダンジョンなのだから、当然死ぬ可能性もあることだけは理解しておきなさい。特にアッシュとリリヤ、格上が周囲に何人もいるから安心だと思っていると、足をすくわれるぞ」

「あ……はい!! ご助言、ありがとうございます!!」

「私もシャーロットやトキワさんに頼らず、アッシュや白狐童子と協力して、ダンジョンに挑みます!!」

バザータウンのダンジョン『奈落』以降、魔物との戦闘がない。少しブランクもあるだろうから、最初は慎重に行こう。特にアッシュさんとリリヤさんの強さでは、まだまだ危険なレベルだもの。

ここまできて、仲間を死なせたくない。

「いい返事だ。明日の午前九時、ここにいる全員を迷宮の森へ強制的に転移させる。それまでの間に、別れを済ませておきなさい。ここから先、私からは一切の通信をしない。君たちが、どんな過程で私の設計した試練を突破するのか見学させてもらおう」

ガーランド様との通信が切れた。あの言い方から察するに、相当手ごわい。

まずは、『迷宮の森』に関する情報をロベルトさんたちから聞いてみよう。

○○○

ハーモニック大陸は、中心部にジストニス王国、大陸南東側から東側にかけてサーベント王国、大陸北側から北東側にかけてフランジュ帝国、大陸南西側から南側にかけてバードピア王国がある。そして、残りの西側と北西側は二百年前の戦争で無法地帯となっており、大勢の魔物が廃墟となった村や街を占拠しているため、ある意味、『魔物たちの楽園』と言っていいだろう。

今回赴《おもむ》くバードピア王国は、海に面していて海産資源が豊富にある。また、木々の豊かな山もあり、山と海から様々な食材が採れる。当然、ジストニス王国やサーベント王国以上にたくさんの種類の料理があるらしく、観光客も相当多いそうだ。

その中でも、『迷宮の森』は海から離れた北西部にあった。無法地帯から近いせいで魔物も多く棲息《せいそく》しており、特にゴースト族の比率が高い。

なぜかと言えば――三千年以上前から存在する古いダンジョンで、そのランクは最高難易度のSなのだが、理由は不明ながらレアなお宝が無限に採取可能なので、大勢の冒険者が訪れ……死亡者数もそれなりに多いわけだ。これにより、多くの人々がゴーストとなって、森を彷徨《さまよ》っているらしい。魔物の強さもFからSまでと様々、全てがSランクでない分、余計タチが悪い。

ちなみに、バードピア王国では『鳥人両翼耐久レース』という超人気イベントが年一回開催されている。国土の三分の一を利用した広大な空中レースで、名前通り、鳥人族の持つ両翼がどこまで耐えられるかを競う。毎年大勢の参加者がいるため、予選を通過した百名だけが本選への出場権を得られる。ちなみに、本選から優勝者を予想する賭《か》けも実施される。

行事自体は、国を挙げての大イベントなのだ。

このレースには様々なチェックポイントが用意されており、そこに『迷宮の森』も組み込まれている。

ここには、一つの理由がある。『迷宮の森』というダンジョンは、樹海エリアに囲まれる全ての地域、つまり空中もダンジョンの一部となっている。ゆえに、年中霧に包まれ、エリアに入ると必ず方向を見失うという。

しかもここでは、ダンジョン脱出のキーアイテムである『エスケープストーン』も、自分たちの手でエリア内から入手しないと正常に機能しない。街で販売されているものを使っても、森のどこかへ飛ばされるだけだという。

この特性がレースにも利用されているのである。

これだけの極悪難易度のため、王族は通常B以上の冒険者たちにしか侵入を許可していないのだが……実は名ばかりの法律らしく、実質機能していない。なぜならば、入口がないからだ。

いや、広大な樹海エリアにも平原との境目があり、そこが入口と言ってもいいかもしれないものの、あまりにも広すぎるから、いくら翼のある鳥人族であっても、取り締まることができないのだ。

そのため、毎年多くの冒険者がレアアイテムを求めて森の中へ入っていくというわけ。

ただ、現在の帰還率は九十八パーセントと、案外高い。その理由をロベルトさんに尋ねたら、凄《すご》く単純なものだった。浅いエリアでは、エスケープストーンの入手確率が比較的高いらしい。宝箱とかではなく、その辺に転がっていることもあるため、欲さえかかなければ、脱出自体は比較的容易なのだ。

3話　トキワの要望

「シャーロット、これがあなたにとって帰還するための最後の冒険になるかもしれませんね。場所はわかりませんが、ここであなたたちの無事を祈っています」

今いる場所は、昨日ロベルトさんたちと話し合った会議室だ。クロイス様を筆頭に、アトカさん、ベアトリスさん、シンシアさん、ドレイク（ドラゴン形態（小））、現皇帝ソーマさんの六名が、私たちの見送りに来ている。

「シャーロット、必ず魔法を入手しなさいよ!!　私はクロイス、シンシア、アトカさんと一緒に、厄浄禍津金剛のお仕置きシーンの編集をやっておくわ。私たちが撮影した魔導具『一眼レフカメラ』の映像、どれもこれもが面白いから、今からワクワクしているのよ!!　ソーマ様や臣下の人たちもこれを楽しみにしているし、戻ってきたら一緒に上映会をやりましょう」

そういえば、ランダムルーレットの順番を待っている間、みんなでやつの屈辱《くつじょく》シーンを爆笑しながら撮っていたよね。それに、フランジュ帝国に到着してからも時折撮影していたから、私が地球へ転移されていた間の出来事も撮っているはず。

「ベアトリスさん、編集された映像を楽しみにしています。ドレイク、もう何も起きないと思うけど、クロイス様たちの護衛を任せたわね」

ロベルトさんとカグヤさんもここを離れるから、その間に何か起きる可能性もある。ドレイクが残っていれば、何も心配はいらない。

「は、お任せを!!　今、地下の牢獄には大勢の犯罪者どもがいるため、騒がしいと聞いております。そいつらの心を根刮《ねこそ》ぎ折ってから、その数を減らす手伝いをしましょう」

デッドスクリームやドールマクスウェル、カムイの働きで、帝都の治安は大きく向上した。その反面、帝城地下に設けられている牢屋が満タンになってしまい、入りきらない囚人に関しては、急《きゅう》遽《きょ》中庭に魔法で簡易牢獄を製作し、そこへ収監している。

このままだと衛生環境もかなり悪化してくるから、急いで各地にある監獄所へ移送しないといけない。

現在、囚人たちの犯した罪の度合いを基に振り分けている最中で、それが終了し次第移送も始まる。ソーマさん曰《いわ》く、あと数日で完了するらしいので、ドレイクが手伝ってくれれば、かなり手間も省けるだろう。

「シャーロット、頑張《がんば》れよ。本国の連中やサーベント王国の王族の方々には、俺とシンシア様が事情を伝えているから、心配するな」

「そうだよ。みんな、シャーロットが故郷に帰還することを願っているわ」

アトカさん、シンシアさん、ありがとうございます。

「はい!!　それじゃあ行ってきます!!」

ちょうど午前九時になり、私たちはガーランド様の魔法で迷宮の森へと転移した。

○○○

私は『簡易神人化』の力により、一時的に長距離転移を経験しているから、今のみんなの気持ちが理解できる。短距離転移は目視できる範囲でしか転移できないから、転移しても、周囲の景色にほとんど変化がなく、驚きも少ない。でも長距離転移だと、景色だけでなく、気温や湿度といった体感的なものが、全く別物になってしまう。これはダンジョンからの脱出と似ていると言えるが、感覚はかなり異なる。

ついさっきまでは帝城の会議室にいたのに、今私たちの目の前には広大な樹海があり、気温も湿度も肌に感じる質感も、帝国で感じたものと全く違う。天気は曇り空、気温は十五度前後で肌寒い。湿度は二十パーセントくらいかな。私的には、こちらの気候の方が快適と言える。

とはいえ、少し前まで楽しい雰囲気《ふんいき》の中、仲間たちから励ましの言葉を貰《もら》い、『よし、これから頑張《がんば》るぞ!!』と心に誓った途端――目の前には濃密な魔素が漂う樹海が広がり、その内側のあちこちから魔物の気配を感じるようになるのだから、落差があまりにも激しすぎる。

周囲を見渡したら、樹海と平原の境界線が左右に延々と続いているから、ここが『迷宮の森の入口』と理解できるのだけど、それが頭に追いつくまでタイムラグが出てしまう。

「シャーロットは既に経験しているから驚きも少ないようだが、アッシュ、リリヤ、トキワ、カムイの四名は初めてで、身体が固まるのも無理ないな。昔の私やカグヤも、初めて使用したときは、かなり戸惑《とまど》ったものだよ」

やっぱりロベルトさんも初めては大変だったんだね。

「カムイ、初めての長距離転移はどうかしら？」

カムイはカグヤさんに言われてハッとなり、頭が再起動する。

「す……凄《すご》いよ!!　ダンジョンでも経験しているけど、それとは全然違う!!　お母さん、ここが本当に迷宮の森なの？　帝国から遠く離れた場所に、僕たちはいるの？　一瞬すぎて、全然わからないよ!!」

そう、一瞬すぎるせいで、感覚がおかしくなるんだ。私も『簡易神人化』中に実行したとき、カムイと同じ感覚になったもの。カムイは信じられないのか、空高く飛び上がる。

「うわ〜〜〜さっきまであった賑《にぎ》やかな帝都が、影も形もない!!　平原と樹海しかないよ!!　それに、遠くに見える山の雰囲気《ふんいき》が、ジストニス王国やサーベント王国で見たものと違う!!　本当に、遠い場所へ転移したんだ〜〜〜」

カムイの動きをキッカケに、アッシュさん、リリヤさん、トキワさんの三名も状況を把握《はあく》しようと上空へ飛ぶ。私もみんなに倣《なら》う。

「これが……長距離転移……帝都じゃない……ここはバードピア王国なのか？　目の前にあるのは樹海、ここからだと遠くまで見通せるのに、中に入ると本当に霧に包まれるのか？」

「アッシュ、少し離れたところに、鳥人族の冒険者がちらほら点在しているわ。ここは……間違いなく……バードピア王国の迷宮の森なんだよ」

アッシュさんとリリヤさんは、平原と樹海の両方を見ており、トキワさん一人だけがじっと樹海の方を見つめている。その方向には、天まで届かんばかりの巨大な樹が一本聳《そび》え立っている。

樹海はその樹を中心に形成されており、大きく分けると五つの区画に分類される。浅い第一区画から最深部の大霊樹のある第五区画まで、そこへ到達するまでには、様々な苦難が待ち受けているという。

トキワさんは大霊樹を見て驚いている。反応が明らかにカムイたちと違う。今、彼は何を思っているのだろう？　四人の心が落ち着いたのか、ゆっくりと地上へと降下し、そのまま着地すると、トキワさんが真剣な面もちで、私たちに驚くべき一言を告げる。

「シャーロット、俺は単独で迷宮の森を突破したい」

「「「「え⁉」」」」

この要望に、私は驚きを隠せない。トキワさんも、迷宮の森の恐ろしさはロベルトさんから聞いているはず。Sランクの魔物だっているのだから、単独での行動は危険すぎるよ。

「理由を伺《うかが》っても？」

「もちろんだ。昨日の会議室での会談が終わってから、俺は師匠コウヤ・イチノイのことで、ロベルトさんと話し合った。彼の現在の居場所はランダルキア大陸の中央区域付近らしいが、俺にとって重要なのは、『師匠が単独で長距離転移魔法を入手したか』だ」

まさかとは思うけど、コウヤさんと同じやり方で魔法を入手したいってこと？

「その質問に対しての答えが、今の俺の要望だ」

つまり、コウヤ・イチノイは単独で長距離転移魔法を入手したのね。方向感覚を失うこの森を一人で彷徨《うろつ》き、Sランクの魔物たちを討伐しながら大霊樹へ到達するとは……恐ろしい人物だよ。トキワさんも、自分の師匠と同じ方法をとる必要はないんだけどな。

「あの～そうなると、同じスキルを持つ私も、単独で突破しないといけないのでしょうか？」

あら～リリヤさんが顔を真っ青にしながら、私たちに質問してきたよ。『鬼神変化』スキルを持つ者は、この世に三人しかいない。そのうちの二人が単独で行動するのだから、『自分もやらないと』という義務感に駆られてしまうのも当然の流れか。でも、それはさすがに容認できない。白狐童子と仲良くなった今のリリヤさんであっても、単独で侵入したら絶対に危険だもの。

「いや、リリヤはシャーロットたちと行動してくれ。この要望は、俺の我儘《わがまま》なんだ。俺は師匠をこの世で最も尊敬している。その師匠が単独で入手しているのなら、俺もそれに倣《なら》うまでだ。リリヤは、今の時点で『鬼神変化』を完全制御できていないのだから、決して無理はするな。これは、アッシュとカムイにも言えることだ。自分自身がこれ以上無理と判断したら、迷わず脱出するんだ」

「私も、その意見に賛成です。Sランクの魔物が蔓延《はびこ》っている以上、私一人でアッシュさん、リリヤさん、カムイのフォローは厳しいですからね」

しかも、相手が奇妙なスキルや魔法を持っていた場合、私の対処が遅れる可能性がある。そうなったら、待っているのは『死』のみだ。リリヤさんも私たちの答えを聞き、ほっと胸を撫《な》で下ろす。私以外のメンバーは、別にこの魔法を今すぐに入手する必要性はない。無理をするのは、私だけで十分だ。

「よかった、それを聞けて安心しました。でも、トキワさんは大丈夫なんですか？」

「ああ、問題ない。さすがにやばいと思ったら、俺も逃げるつもりだ。準備も整っているし、早速俺から行かせてもらう。当初の予定通り、ロベルトさんとカグヤさんが、この場所で俺たちの帰還を待ってくれている。もしエスケープストーンで脱出する際も、二人を強く意識すれば、問題なくここへ戻れる。じゃあな」

多分、トキワさんとしては、誰にも手助けしてほしくないのだろう。でも、相手がエンシェントドラゴンだし、ここで二人の機嫌を損ねるわけにもいかないから、この場所に帰還することだけは素直に聞いてくれているんだ。

彼は一人だけで、本当に躊躇《ためら》いもなく森の中へ入っていった。

「私たちも行きましょうか？」

私の問いかけに、アッシュさん、リリヤさん、カムイが覚悟を決めて頷《うなず》く。

「お父さん、お母さん、行ってくる!!」

「カムイ、くれぐれも無茶しないように」

「そうよ。あなたの魔力量や防御が五百を超えているとはいえ、まだ〇歳児なんだから、絶対にシャーロットから離れないでね」

昨日の会談で、カムイをここで待機させる案も出たのだけど、本人がどうしても私と行きたいと切望した。人間の〇歳児と違って、カムイは知能、魔力量、防御力も高いし、私の従魔だから、二人はその願いを聞き入れたんだ。

「大丈夫、私がカムイを守ります」

私の返答に対して、カムイだけが文句を言ってくる。

「もう、逆だよ!! 僕はシャーロットの従魔なんだから、僕がシャーロットを守るんだ!! デッドスクリームやドールマクスウェルとも話し合って、従魔の義務も理解しているよ!! 子供扱いしないでよ!!」

いや、あなたは〇歳児の赤ちゃんでしょうに!?

誰だって心配するよ!!

でも、そんな言い方をすれば、カムイがご機嫌斜めになってしまう。

「わかったわ。カムイ、私を守ってね。それじゃあ、行きましょう!!」

「うん!!」

ロベルトさんとカグヤさんは苦笑いを浮かべながら、迷宮の森へと進む私たちを見送ってくれた。

4話　痴女、現る

迷宮の森に入った瞬間、周囲が薄い霧に覆われた。それと同時に、『魔力感知』や『気配察知』

などの感知系スキルの効果が大幅に低下しているのを感覚的に理解する。ロベルトさんから事前に聞いてはいたけど、二割ほど減衰している。

今後、奥に進めば進むほど、こういったスキルの効果がどんどん薄まっていく……らしい。しかも、エリアによっては、減衰するスキルの種類も異なるそうで、減衰していたものが急に復活することもあるという。危険なのは、その境目が一切わからないことだ。

迷宮の森は別名『幻惑の墓場』と呼ばれていて、インプなどの小悪魔族や怨霊《おんりょう》や悪霊といったゴースト族の魔物が、頻繁《ひんぱん》に幻惑魔法『幻夢』を使用して、侵入者を撹乱《かくらん》し、同士討ちを狙ってくると言われている。スキルの効果が薄れているこの状況下では、魔法を使用されていることに気づきにくい。

「入ったばかりなのに、どこか寒気を感じる。ナルカトナ遺跡とは、違う感覚だ。帰還率九十八パーセントのSランクダンジョン、僕的にはその帰還率の高さを疑問に思う」

「アッシュの気持ちがわかるわ。入っただけで、濃厚な魔素を感じるし、魔物もいるということはわかるんだけど、それがどこにいるのか把握《はあく》しづらい。感覚が、どこかおかしいわ」

二人が抱く疑問に対して、少しだけなら私も答えられる。

「お二人とも、ロベルトさんの話は真実かもしれませんが、帰還率はかなり怪しいですよ」

「「え!?」」

「ロベルトさんはこうも言ってましたね。『ギルドによる調査で発覚した帰還率』だと。そもそも、入口もなく警備もないダンジョンに対して、どうやって侵入した冒険者の数を割り出せると思いますか？」

二人は私に言われてハッとしたのか、その疑問について考える。

「まさか……事前に申請して、その数だけを把握《はあく》していた？　それなら、正確な帰還率も納得できるけど、そんなの当てにならないんじゃあ……」

アッシュさんも、私の持つ答えに辿《たど》り着いたようだ。

「そうだよ。一攫千金《いっかくせんきん》を狙う人たちなら、誰にも邪魔されたくないから、むしろ黙って入るんじゃあ……あ……ナルカトナ遺跡でも、ギルドに事前申請する人もいる一方で、申請しない人もいるって聞いたことがあるわ。そうなると、ダンジョンの帰還率って、あんまり当てにならないんじゃあ……」

リリヤさん、その通りです。少なくともこのダンジョンに関しては、帰還率を見て楽観はできませんよ。

「ねえねえ、今更そんなこと考えても仕方ないよ。もう森に入ったんだよ？　ほら、どこからか戦闘音が聞こえてくる。誰かが戦っているんだ。『思うこと』はいつだってできるのだから、今に集中しようよ」

あらあら、一番年下のカムイに諭されてしまったよ。

霧のせいか、音こそ聞こえるけど、場所を特定できない。

「新手か⁉　おら〜〜『螺旋雷光衝《らせんらいこうしょう》』〜〜〜」

男性の声が聞こえたと思ったら、突然、前方の霧から雷を帯びた回転する何かが猛スピードで私目がけて飛んできた。私は咄嗟《とっさ》に左手で鷲掴《わしづか》みにする。

「「シャーロット⁉」」

「大丈夫です、問題ありません」

飛んできた謎の物体は細長いトライデント。雷属性の回転する槍の先端を力づくで止めたせいか、掴んだ箇所が熱と摩擦《まさつ》で丸くなってしまった。

「いや……回転する穂先の部分を素手で鷲掴《わしづか》みしたら、指が大変なことになるんだけど？　どちらかというと、掴んだ箇所がヤスリで削《けず》られたかのように、刃がなくなって丸まってない？　これが僕かリリヤだったら、絶対大怪我《おおけが》を負っていたと思う」

確かに、かなりの投擲《とうてき》回転速度だったから、二人のどちらかが狙われていたら危なかったかもね。

というか誰よ？

なんで、こっちに問答無用で投擲《とうてき》したの？

まさか、ここにいる私たちを魔物と思っているの？

「あれ、手応《てごた》えがねえぞ？　まあいい、俺がトドメを刺してくるから、そっちは任せたぞ」

「おう‼」

その声とともに、鳥人族の青年が前方の霧から突然飛び出てきて、私に殺気を向けて殴《なぐ》りかかってきた。

　フランジュ帝国で鳥人族を何度か目にしてきたけど、容姿だけでいえば、背中の翼以外は人間族と大差ない。ただ、その分空高く飛翔できるし、超低空飛行も可能で、基本となる敏捷性《びんしょうせい》だけで言えば、人間族よりも圧倒的に高い。

「なんだ、ゴブリンどもとインプじゃねえか!!　どうやって回避したか不明だが、俺に殴《なぐ》られて死んどきな!!」

　言うに事欠いて、ゴブリンですと⁉

　幻惑されているとはいえ、ゴブリンに間違われるとは心外だね。

「それは、こっちのセリフです。『リムーバル』」

　魔法で相手の状態異常を回復させると、急に正しくものが見えるようになったため、私と目が合った瞬間、その目を見開き、動きもおかしくなった。

「……え、ゴブリンじゃなくて、人間の子供⁉」

「はい、私は人間ですよ。あなたは全力で突進しているから、出した拳を止められないようですね。たとえ惑わされていたとしても、子供に向かって殺意を向けてくる者には容赦《ようしゃ》しません」

　私はそのまま突進してくる相手のパンチをギリギリで回避し、カウンターで青年の額に『寸止めデコピン』を食らわせる。すると、指先で生じた衝撃波が青年の額に直撃し、彼は『ぎゃわ』という鳴き声を上げて、元いた場所へ吹っ飛んでいき――その後ドンドンドンという音が聞こえ、メキメキメキという音とともに、ず～～～～んという轟音が響く。

「この槍もお返ししま～～～す」

私の場合、感知系スキルの効果が薄まっているとはいえ、相手の居場所が特定できないほどではない。ここから四十メートルくらい離れた地面に倒れている青年のすぐ横にある木を目がけて、槍を投擲《とうてき》しておいた。カムイは大笑いしながら、吹っ飛んだ相手の方を見ているけど、アッシュさんとリリヤさんがジト目で私を見る。

「彼……死んでないよね？」

「リリヤさん、安心してください。かなり手加減しているので、死んでいませんよ」

「彼……幻惑を解除された後、自分の拳を必死に止めようとしていたわ。それなのに……あれは酷くない？」

「罰です。こんな小さな子供をゴブリン呼ばわりしたのですから」

「根に持っているんだ。あの人……大丈夫かな？」

かなりの使い手だし、当然、回復魔法が使える人を仲間に入れているだろうから、問題ないでしょう。

「あいつ、馬鹿だな～。落ち着いてシャーロットを見たら、絶対普通のゴブリンじゃないと気づくのに～。戦闘で、気分が高揚していたのかな？　あんな強い人でも、幻惑にかかるんだから、僕たちも注意しないといけないね」

幻惑魔法か、これまで使用こそしていたけど、かけられたことはない。

さっきの人は、対象者の魔力をかき乱してから発する幻だったこともあり、『リムーバル』で治療できたけど、周囲に幻を見せるタイプもあるから、注意して進もう。

戦闘が終了したのか、前方にいると思われる鳥人族たちの声が聞こえなくなった。魔力自体も感じないから、多分エスケープストーンで脱出したんじゃないかな？

○○○

あれから三十分ほど歩いているものの、魔物とはまだ遭遇《そうぐう》していない。私もカムイも魔力をかなり抑えているから、通常であれば襲いかかってくるはずなのに、あの轟音のせいか警戒されている。沈黙が長く続くと緊張感が増してしまい、疲労も出やすくなると思ったらしく、アッシュさんが口を開く。

「森に入ってからもう四十分か。さっき空を飛んだときに森の方向を見たら、遠方に大きな木があった。あれが大霊樹だというのは理解できた。でも、森に入っていざそこを目ざそうとしたら、霧のせいで方向感覚もなくなるし、目的の場所に向かっているのかが全くわからない。頼りは、魔物の配置くらいか。それも、霧のせいで薄い感じがする」

迷宮の森の攻略方法も存在しているらしいけど、ロベルトさんは当然教えてくれなかった。ここに来てわかったことと言えば、魔物の配置だ。霧のせいでやや薄まっていても、強い魔物の気配に関しては、アッシュさんやリリヤさんでも察知することができる。

今の時点で判明していることは、三点ある。


一）強い魔物は、ここよりももっと深い位置にいる。

二）その中でも、特に強い魔物は、互いに一定の間隔を空けている。

三）だから、強い魔物を追っていけば、大霊樹に行き着ける……のでは？


正直、これだけじゃあ情報が足りなすぎる。とにかく、今は周辺を探索し、何らかの情報を得たい。そう思った矢先、前方の草の茂みからガサガサと音が聞こえてきた。そこから現れたのは……

「あれは、Cランクのウッドゴースト!! 六体もいるじゃないか!! シャーロット、リリヤ、カムイ、光の属性を付与して戦闘態勢だ!!」

昨日、帝城に保管されている迷宮の森の資料を読ませてもらったので、私たちは樹海に棲息《せいそく》する魔物の種類についておおよそ把握《はあく》している。

『ウッドゴースト』は、人の手で無闇に伐採《ばっさい》された木の怨念《おんねん》が魔物化したゴースト族。体長は一メートルほどと小柄で、プカプカと地面から少し浮いており、意外に侮れない相手だ。

枝を四方に伸ばし、鞭《むち》のようにしならせて攻撃してくる。しかも、触れるだけで相手の体力や魔力を奪い取ることができる。対抗手段は、自分の身体に光属性を付与すること。

みんなそれを理解しており、アッシュさんの掛け声ですぐに戦闘態勢をとり、攻撃に移る。

木の鱗で覆われたウッドゴーストが、枝を四方八方へ伸ばし、私目がけて襲いかかってきた。私はとあることが気になっていたため避けることができず、身体中を枝に叩《たた》かれてしまい、バチンバチンと大きな音を鳴らす。それでも、私は考え事をしながら、枝の攻撃に怯《ひる》むことなく、ウッドゴーストに近づいていく。

この魔物について、私は一つ疑問に思ったことがある。本来、下位のゴースト族は実体化できない。でも、この子はどう見ても実体化している。Cランクの魔物で、防御力が特別高いわけでもない。今受けている攻撃だって、実体化させずに攻撃した方が生命力や魔力だって奪いやすいはず。

にもかかわらず、なぜ『実体化』して戦っている？

『この魔物には、何かある!!』

構造解析すれば一発でわかるけど、それだと面白くない。

おそらく、この子の中身が問題なんだ。

「ギシギシギッシシシシシシ（こいつ、マゾなのか?）」

ウッドゴーストは、私が黙って攻撃を受け続けていることを不思議に思っているみたい。でも、向こうの事情はどうでもいい。

元研究者としての好奇心が疼《うず》く。

相手は魔物なんだから、身ぐるみ剥《は》いでも問題ないでしょう。

さあ、身体に光属性を付与してから接触だ。

「ギシギシ（何だ、お前）？」

「うふふ、あなたの中身が気になる。中を見せて」

私はウッドゴーストの背後へ回り、数枚の皮を無理矢理バリバリと剥《は》ぐ!!

「ギシ〜〜〜（いや〜〜〜）」

少し剥《は》いだだけなのに、女性のような可愛《かわい》らしい悲鳴を上げる。

しかし、たった数枚では、中身は見えない。

「グラビトン四倍」

目をつけたウッドゴースト一体に、重力魔法『グラビトン』をかけ、地面に押さえつける。

「ギ……ギ……ギシシ……ギジジ（あ……あ……身体が……重い）」

「うふふふ、あなたの中身を見〜せてね」

「ギッ（ひっ）⁉」

私が研究対象向けの笑顔を見せると、ウッドゴーストの表情だけが動き、徐々に涙目となっていく。ふふふ、その重力下では動けまい。さて、中身を拝見しましょうか。ふむふむ、外皮は普通の樹皮なのね。何重にも覆われているから、中身が全く見えないわね。

「ギ……ギシシ。ギシギギ（や……やめろ。剥《は》がすな）」

「観念して、全てを私に見・せ・て」

おお、ゆっくりと剥《は》いでいくと、バリバリと音がするのね。

――バリバリバリバリバリバリバリ。

う〜ん、前世でプチプチッと潰《つぶ》して遊んでいた気泡緩衝材を思い出す。

さあ、どんどん剥《は》がしていきましょう〜〜〜。

――バリバリバリバリバリバリバリバリバリバリバリバリバリバリバリ。

「ギジ〜〜ギシシジジジジ〜〜〜（いや〜〜お前ら助けて〜〜〜）」

仲間に助けを求めるも、ウッドゴーストたち、アッシュさん、リリヤさん、カムイは戦闘態勢のまま、呆然としており、こっちを見ているだけで誰も助けようとしない。

「ギシシ、ギシジジジジ（ごめん、私たちも剥《は》がされてしまうから無理）」

「ギシ、ギシギシギギギ（おい、ここにいるとやばいぞ）」

あ、全員が身ぐるみを剥《は》がされているこの子を生贄《いけにえ》にして、そそくさと逃げていく。

「ギシ〜〜ギシシシジジジ〜〜（おい〜〜このゴーストでなし〜〜）」

「グラビトン四倍!!」

「「「「ギジジ〜〜〜（なんで〜〜〜）」」」」

私は私で、仲間を見捨てようとする彼らを魔法で動けなくしておき、さらにこの子の樹皮をどんどん剥《は》いでいく。

——バリバリバリバリバリバリバリバリバリバリバリバリバリバリバリバリ。

皮をひたすら剥《は》いでいくと、木の内側にある肌らしきものが現れた。半透明で凄《すご》く水々しい。しかも……

「ギシ～～ギシシギシシギシシギシ～～シ（いや～～もうお家に帰れな～～い）」

いや、あなたのお家はここでしょうに。

それにしても、こうやって全部剥《は》ぎ取ったことで全貌を見られたのだけど、パッチリお目目の半透明で可愛《かわい》い木の子供が私の目の前にいる。この姿のまま襲いかかってきても、全然迫力がないから怖くないよ。わざわざ実体化して樹皮で全身を覆っていたのは、この姿を隠すためだったのね。

「ギシシギシシシシ～（痴女に乱暴された～）」

私を、痴女扱いですか。このまま中心部にある魔石を抜くか破壊すれば討伐できると思うけど、正直やりづらい。可哀想だから、重力魔法を解除してあげよう。

「キキキギギギギギ～～（これをあげるから見逃して～～）」

あ、空間魔法で亜空間から一升瓶を取り出した。瓶のラベルには、『霊酒ゴーストスピリッツ』と記載されている。どんなアイテムなの？

霊酒ゴーストスピリッツ『三百年もの：甘口』
バードピア王国で製造される酒類の中でも、最高峰に位置する銘酒。このお酒には、迷宮の森で

しか産出されない『ゴーストの雫《しずく》』が使用されているため、希少価値もかなり高い。製造時期によって価値も変動するが、最低でも白金貨百枚以上と思われる。

え、白金貨百枚（一千万円）以上⁉

この一本で⁉

「こんな貴重品……貰《もら》っていいの？」

「ギシシギギギジジジギギギギギ（僕の涙の結晶もそこら中に散らばっているから、それもあげるよ）」

そういえば、真珠《しんじゅ》みたいに小さくて丸い半透明の物体があちこちに転がっていて、その中には液体が入っているようだ。何かの役に立つかもしれないから、後で拾っておこう。

ウッドゴーストは強引に霊酒ゴーストスピリッツを私に押しつけ、剥《は》がされた樹皮の大部分を拾い、仲間の方を見ることもなく、そそくさと霧の中へ消えていった。

「それじゃあ、残りのやつらを抹殺《まっさつ》しましょうかね」

「「「「ギジジ〜〜〜（そんな〜〜〜）」」」」

「こら、やめないか。怯《おび》えているだろ」

笑顔で冗談《じょうだん》を言うと、アッシュさんからの右手チョップを頭に食らってしまった。

「あんな可愛《かわい》い姿を見てしまったら、僕らも討伐できないよ。シャーロット、魔法を解除して逃してあげよう。リリヤもカムイも、それでいいよね?」

「賛成‼ あれを見たら、私だって討伐できないもの‼」

「僕は、結構美味《おい》しそうに見えたけど？　みんなが討伐しないのなら、僕もやめておくよ」

やはり、二人も無理ですか。カムイだけは食べたそうにしていたけど、そっちの方がもっと見たくないので逃してあげよう。

私が魔法を解除して逃げるよう促すと、どういうわけか五体中二体がその場に佇《たたず》み、アッシュさんとリリヤさんをじっと見つめていた。そして彼らの身体が淡い光を帯びはじめる。

「あの乱暴な痴女から我らを守っていただき感謝する。あなたのような強き男と契約を結びたい。我らが従魔となれば、薬用品や酒類などに利用されている貴重な『ゴーストの雫《しずく》』が無限に採取できます。今、そこら中に転がっているのが、そうです」

なんと従魔契約ですか⁉　光のせいなのか、きちんと言葉を話している。ただ、私のことは痴女呼ばわりなのね。

「我は、リリヤと契約を結びたい。あの痴女には早々にここを出て行ってもらいたいから、目指す場所があるのなら行き道を教えてあげる。どうか、我らを従魔に‼」

う〜ん、この子も私を痴女呼ばわりですか。今後は、魔物だからと言って、簡単に身ぐるみを剥《は》いだらダメだね。

「わかった。僕は君と契約するよ。でも、物目当てで契約するんじゃないよ。なんだか君を見ていると、相性がいいように思えるんだ。僕はアッシュ、よろしく!!」

「私も、あなたと契約する!!　初めての従魔があんな可愛《かわい》い姿をしているなんて嬉しいわ!!　できれば、私とアッシュにだけは定期的にあの姿を見せてね」

二人が承諾すると、四人の身体が濃く光り、すぐに薄らいでいった。これで、互いの従魔契約成立だ。二人にとって初めての従魔は、中身の可愛《かわい》いウッドゴーストか。

「これからは、あなた方が我々の主人です。召喚の際は、あの変質者がいないところでお願いします」

痴女に変質者か、完全に嫌われてしまった。少し悲しいです。

——ピコン。

げ、ステータスの更新音が!?

『新たな称号「特異変質者」を獲得しました』

なんなのよ、その称号名は!!

NEW　称号『特異変質者』
魔物から変質者扱いされた者に贈られる不名誉な称号。
変質者認定したのと同じ種族の魔物と遭遇《そうぐう》した場合、状態異常『恐慌』を十秒間誘発させることができる。現在、シャーロットのことを変質者認定している魔物はウッドゴーストだけである。

ガーランド様、こんな称号はいりませんよ⁉

5話　結界樹を目指せ

ウッドゴースト二体は、たまにこっちをチラ見しながら、アッシュさんとリリヤさん二人と話し合っている。私とカムイが少し距離を空けてその内容を静かに聞いていると、思わぬ展開になった。

「なるほど、あの痴女のために『大霊樹』へ行きたいのですね。少し気に入りませんが、それがあなた方の望みであれば、まずは迷宮の森の要《かなめ》となる『結界樹』へご案内しましょう。そこで受ける試練で、一定ラインを超えられれば、一発で大霊樹へ進めます。ただ、我々は森の全てを知り尽くしていますが、たとえ従魔になろうとも、ここで生まれた魔物である以上、詳しくお教えできません」

それは仕方ないでしょう。ここはSランクダンジョン。第一区画の魔物と仲良くなっただけで攻略できたら、Sランクの意味がないよ。それにしても、そんなショートカットが存在するとはね。結界樹の試練、内容が気になるところだけど、多分そこへ辿《たど》り着くだけでも、かなり困難な道のりだろう。まずは何が、私たちを待ち受けるのかな。

「シャーロット、見て見て。あそこに妙に目立つ綺麗《きれい》な花があるよ」

カムイに肩を揺《ゆ》さぶられ、その方向を見ると、木の根元には小さく綺麗《きれい》な花が咲いている。五枚ある花びらの中心が黄色くなっており、外側が白い。どこかプルメリアに似ている。周囲の草花と比べると、妙に際立つ存在だった。そういえば歩いている最中、こういった花々がチラチラと咲いていたけど、どれもこれもが妙に存在感があった。

何か意味があるのだろうか？

構造解析したいけど、コウヤ・イチノイは単独で突破しているし、トキワさんだって頑張《がんば》っているのだから、このダンジョンでは使用しないでおこう。この力に頼りすぎるのもダメだからね。魔力で花を探ってみるものの、特に気になる点はなく、どうやらただの小さくて目立つ花のようだ。でも、何かが引っかかるから、花の存在を心に留めておこう。

「アッシュ様、ここが第一区画の最終地点となる場所です。あの橋を渡れば、第二区画へ進めます」

迷宮の森は大霊樹を中心に構成されており、全五区画ある。

もう第二区画との境界線まで到達したんだ。案内人のおかげだね。

私たちが橋に到着し、その真下を見ると、底が見えない深い谷となっている。さっき空を飛んだとき、こんなものはなかった。しかも、谷の幅が二十メートルはある。

「あの橋、幅も狭いし、橋桁《はしげた》しかないじゃないか!!　しかも、でこぼこだ!!　あれじゃあ歩きづらいし危険だ!!」

「アッシュ、橋の入口に立て札があるわ」

リリヤさんが指差した立て札を、アッシュさんが読み上げる。

「え～と、『この橋渡るべからず。第二区画へ行きたければ、森に勇気を差し出せ』か。あ、注意事項に『飛翔行為禁止』『一人ずつ渡れ』『これを見た瞬間から相談禁止』『仲間の渡り方を見るな』って記載されている!! 『破った者は一年間この森への侵入を禁止する』だって!!」

要は、ズルするなってことね。ここにきてトンチ問題が出題されるとは思わなかったよ。私の知るものと微妙にニュアンスが違う。日本のものなら、橋のど真ん中を渡れば正解だけど、『橋』と明言している以上、その手も使えない。普通に渡った場合、どうなるのだろう。

「ウッドゴースト、出番だ!! 橋を渡ってこい」

私が冗談《じょうだん》半分で命令すると、二体はこっちを向き激怒する。

「くそが!! この痴女が!! そんなことしたら、死ぬだろうが!! 阿呆《あほ》痴女が!!」

う～ん、痴女と連発されてしまった。ちょっと、からかってみよう。

「あれ～? あなたの伸びる枝だけを渡らせれば死なないよね～」

私が嫌な笑みを浮かべると、二体は悔しげな表情となる。

「この……ふん、枝だけを破壊されても、痛いものは痛いのだ!!」

これはただの喧嘩《けんか》であって、決して相談ではない。その言い方からすると、橋を渡れば、何らかの方法で身体が破壊されるのか。橋がどういった存在なのか、そして正しい渡り方はもう想像がついているけど、その通り進んでも面白くない。

「なるほどね、僕は答えがわかったよ」

「私もわかったわ」

「僕もわかった。こんなの簡単だよ!!」

どうやら、アッシュさんとリリヤさんとカムイも、正解に辿《たど》り着いたようだ。

私は、最後に渡らせてもらおう。

○○○

「シャーロット〜、私もアッシュもカムイも渡れたわよ〜」

簡易型通信機を経由して、リリヤさんから通信が入る。私が茂みから出ていくと、確かに三人とも橋を渡り切っている。かくいう私も、『谷は幻、勇気を出して谷を渡れ』というのが正解にちがいないと確信している。でも、全員がその通りに行っても面白くない。ここは私にしかできないルートで橋を渡ってみよう。

私が橋のたもとへ行き、堂々とど真ん中を渡ろうと、一歩踏み出そうとしたら、橋から魔力が滲《にじ》み出て、ほんの少しだけ構造が歪《ゆが》む。間違いない。橋は意思を持っている。つまり橋は魔物なのだ。

「なるほど、やはりそういうことね。ククク、私は橋のど真ん中を渡るから、堂々と私を食べてごらんなさいよ。……できるものならね。『アイシクルノヴァ』」

これは、『アイスストーム』や『ダイヤモンドダスト』の強化版となる水の最上級魔法だ。

ダイヤモンドダストは、自らの魔力を凍てつく冷気へと変化させ、広範囲の敵を氷漬けにする効果がある。そして『アイシクルノヴァ』は、その冷気を一点に収束させることで、一体の敵を完全に凍らせ、しかも粉砕できる。今回は、橋の隅から隅まで身動きできないよう全てをガチガチに凍らせ、そこに氷を具現化させて、長方形のアーチ型の氷橋を建設した。

「さあ、渡りましょう～」

私が堂々と橋の真上を渡っていくと、橋自体が動こうとする気配は察知できるものの、氷漬けになって身動きできないため、悠然と渡り切ることに成功する。

「それじゃあ『橋』さん、さようなら～～～えい、『共振破壊』」

哀れ、橋の魔物は粉々となり消えてしまいました。

「ちょっとシャーロット、何やってんの～～～」

案の定、アッシュさんがかなり焦《あせ》りながら、私のやり方にクレームを入れてきた。カムイだけは粉々になった橋の方を見て、『こんな正解もあるんだ～』と感慨に耽《ふけ》っている。

「橋を渡っただけですよ？　何か問題が？」

「ありまくりだよ!!　君だって正解をわかっていたくせに、なんでわざわざこんな手段を取るんだよ!!」

「ふ、それは見たかったからですよ。正解を知っているウッドゴーストの苦渋《くじゅう》に歪《ゆが》む表情をね」

二体は橋のあった場所を呆然と見ていたけど、すぐに私の方を向き、何とも言えない悔しそうな表情をする。そうそう、その顔が見たかったんだよ。

「くそが!!　こんな魔法の使い方、反則だろ!!　痴女が!!　化け物が!!　いいか、次の第二区画はこんな生易しい内容じゃないからな。お前のようなお子様には、絶対に破れん!!」

「あははは、いいね!!　その挑戦、受けて立つよ!!」

私は二体のウッドゴーストを睨《にら》む。これが漫画なら、バチバチと火花が散っているだろう。

「こらこら味方同士なんだから仲良くしろよ、三人とも!!」

「「無理です」」

「無理ですね」

アッシュさん、不可能だよ。この木たちと私との相性は最悪だもの。

私たちが第二区画へと足を踏み入れたところ、入った瞬間から違和感ありまくりだ。

これまで周囲の木々は私の知るような色だったけど、どういうわけかここに入ってからというもの、周囲の色が青一色に統一されている。しかも、出現する魔物も同じ色だから、同化していてわかりにくいし、気持ち悪い。何とか討伐はできているけど、このままだと神経をすり減らして疲労してしまう。

「うえ～気持ち悪いよ～。我慢の限界だよ～この視界を何とかしたいよ～」

カムイが音《ね》をあげてしまった。〇歳だから無理もないか。この一色展開には、何か意味があるはず。スキルに関しては第一区画と違い、強化系スキルの効力だけが半減している。でも、これは色と関係ない。ということは……魔法関係かな？

「アッシュさん、リリヤさん、試しに身体に属性付与を行《おこな》ってみましょう。多分、この色は魔法の属性が絡んでいると思います」

スキル『身体強化』は、ステータスの基本数値をスキルレベルに応じて、一時的に向上させることができる。『属性付与』にはそういった機能はないものの、身体に各属性を付与することで、魔物との戦闘を有利に運ぶことが可能となる。ただし、きちんと魔物の弱点属性を知らないと意味がないけどね。

「僕もそう思う。……よし、思った通りだ!! イメージ的に青は『水』と思っていたけど、付与した途端、視界が普段の色に変わった」

「やった、私もだわ!! でも、これで終わりって、なんだかおかしくない？ ここはSランクダンジョンでしょう？」

二人と同じく、私も『属性付与』を試してみたら、普通に使えたし、視界も元に戻った。でも、確かにどこか物足りない。この程度なら、誰でもすぐに気づくと思う。ウッドゴーストたちはニヤニヤしながら私たちを見ているから、まだ何かを見落としているんだ。水の『属性付与』をした状態で周囲を探索するも、手がかりは何一つ見つからず、完全に手詰まりになってしまう。

「ねえねえ、『属性付与』を切り替えながら歩いたら、青一色だったり、自然の色に戻ったりで結構面白いよ～。それに青一色のときだけ、たまに空間が歪《ゆが》んでいるような箇所もあって、自然との色の落差が激しいから、飽きないよね～」

カムイは歩きながら、『属性付与』で遊んでいるようだ。ただ、『空間の歪《ゆが》み』という言葉が妙に引っかかる。『属性付与』の切り替えか、私もやってみよう。

……うん？

切り替えてわかった。時折地面付近の空間が歪《ゆが》んでいる。青一色のときと自然の色のときとで、明らかに違う。私がその一点を見つめていると、突然リリヤさんがその場所を指で差した。

「そこ!! シャーロット、そこに花があるわ!!」

花？

「おかしな空間の歪《ゆが》みを感じて、試しに『属性付与』を目に集中させたら、視界に変化があるかもと思ってやってみたの。そうしたら、空間の歪《ゆが》みが花に切り替わったのよ!!」

私も『属性付与』の力を目に集中させると、歪《ゆが》みが綺麗《きれい》な青色の花へと切り替わる。まさか、こういったことで、自然な色の視界の風景の中に、花が現れるとは思わなかった。

「カムイ、リリヤさん、お手柄ですよ!! 全然気づきませんでした」

「凄《すご》いな二人とも。『視界の切り替え』『属性付与の集束』、僕も全然気づかなかった」

私とアッシュさんが褒《ほ》めると、カムイは胸を張って喜び、リリヤさんもほおを赤く染めて微笑《ほほえ》む。

目に集約させることで見えた花は、花びらが九枚構成で、綺麗《きれい》な濃青色となっている。わざわざこんな形でしか見えないように仕組む行為、これは何を意味しているのだろう？

6話　ウッドゴーストの逆切れ

私たちの目の前に、小さな一輪の青い花がある。スキル『構造解析』を使用すれば、一発でその用途もわかるとはいえ、それではやっぱり面白くない。

「あれ？　シャーロット、構造解析しないの？」

カムイが疑問に思い、真っ先に質問してきた。

「今、トキワさんが一人で必死に頑張《がんば》っていますから、私たちだけズルはダメでしょう？」

「ズル？　そうか、このスキルを使えば、なんでもわかっちゃうもんね。トキワと競争しているんだし、ズルはダメだよね」

いや、別に競争はしていないのだけど、まあいいか。

「それなら、ここは魔法『真贋』を使おう。僕がやってみるよ」

アッシュさんとリリヤさんは、ジストニス王国で魔力波について学んでから、ほぼ毎日訓練したおかげで、魔法『真贋』を完全にマスターしている。

心の中に、私の強さに少しでも近づきたいという信念があるので、上達していくのも早い。

「名称は、『属性花』となっているね。え〜と、『ボーンウッド』を発動させるのに必要なアイテムらしい」

ボーンウッド？　そんな奇妙な木を発動させるためだけに、こんなまわりくどい入手方法にしたの？

「アッシュ、それってこの花を摘《つ》まないといけないんだよね？」

「うん、そうなるね。優しく摘《つ》んであげよう」

「うん!!」

アッシュさんもリリヤさんの気持ちを理解したのか、優しく微笑《ほほえ》んだ。この雰囲気《ふんいき》だけで、恋人同士というのがわかるよ。

「リリヤさん、マジックバッグに入れず、普通のポシェットに入れておきましょう。バッグの中は異空間ですから、完全にここと遮断されてしまいます。属性花とボーンウッドが連動しているのなら、その場所を教えてくれるかもしれません」

「あ、そうだね」

『属性花』という手がかりを掴み、私たちは再び歩き出した。その途中で同じ花を何輪か見つけたので、念のため人数分だけ摘《つ》んでいた。すると、そこから十五分ほど探索したところで、変化が起こる。

突然、摘《つ》んでおいた花々が青くぼんやりと輝き出したのだ。

周辺に何かあるのかと思い捜索してみると、ある方向へ進むにつれて花の輝きが増していった。その方向へ進んでいったところ、根元付近から伐採《ばっさい》された木を見つけた。幹の直径は約五メートルほどで、大きく青く光っている。明らかに属性花との関係性があるものだろう。

「これに何かあるのかな？　何も起こらないよ？」

カムイが周辺を飛び回っても、他に変化なし。

おそらく、これがボーンウッドだ。

魔法『真贋』でもそう表示された。でも、私たちがあちこち触っても、特に何も起こらない。幹自体が大きいから伐採《ばっさい》された箇所に乗れば何か起こるのだろうか？　試しに一人一人乗っていき、最後にリリヤさんが乗った瞬間、それは起きる。

——ボ〜〜〜〜〜〜〜〜〜〜〜〜〜〜〜〜〜ン。

「え!?」

「あれ？　みんな、どこに行くの？」

「木が!?」

「きゃあああああ〜〜〜〜」

突如、木自体がバネのように真上へ跳《は》ね上がり、私たちはその勢いで大空へと放たれる。カムイだけが空を飛んでいたので、何が起きたのか理解しておらず、私たちの速度に合わせて、ついてくる。

下を見ると、あの伐採《ばっさい》された木がバネのようにビヨ〜ンと伸びているよ。なるほど、だからボーンウッドという名称なのね。みんな飛ばされたようだけど、霧に包まれることなく、全員が同じ方向へと飛ばされている。

あの木は、属性花を持つメンバーを別のエリアへ飛ばしてくれる役割を持っているのか。アッシュさんとリリヤさんも、私たち三人が同じ方向へ飛んでいることに気づき、途中から暴れることなく、着地地点を見極めようとしている。

私はエリア全体から情報を得ようと、視野を広く持つ。今は霧がないから、迷宮の森全体をよく見渡せる。おそらく移動先も第二区画だろうから、今のうちに空から情報を収集しておこう。

やはり、さっきの『青』一色だけでなく、『赤・緑』『黒・茶・金』『赤・青・半透明・紫』といった具合に、多色展開されているエリアが数多くある。それぞれの色に対応する属性花を集めないと、先へ進めないのだろうか？

「む、どうやらあの場所が着地点のようですね」

「地面スレスレのところで、風魔法『フライ』を発動させよう。こんな上空で発動させると、多分霧が発生して、みんな散りじりになると思う」

「うん、そうだね」

アッシュさんの言葉に、リリヤさんが頷《うなず》いた。

「了解です。というか、次のエリアは『金』と『半透明』の二色展開のようですね」

私に釣られ、二人は地面を向くと、嫌そうな顔をする。

「全てが金色か半透明だ‼　趣味悪いし、気持ち悪い‼　今度は、あそこを歩くのか」

アッシュさん、それは私も同じ意見です。

「アッシュ、大丈夫だよ‼　攻略方法はわかったんだから、今度は『雷』と……『風』かな？　その二つの属性を二重に付与して進めばいいんでしょう？　二重付与をしたことないけど、頑張《がんば》るわ‼」

あの光景から察するに、多分全属性を同時に付与する機会が訪れるかもしれない。簡単な『属性付与』とはいえ、さすがに全ての属性を目に集中させたら、相当な負担になる。三人には慣れてもらうためにも、今のうちにどんどん『属性付与』を行使してもらおう。

……あれから『金・半透明』↓『赤・緑・白』↓『青・黒・半透明・紫』といった具合に、エリアを移っていく。

そのたびに歪《ゆが》みを見つけて、目を集中させてエリアに対応した属性花を探した。ただ、すでに持っていると新たに摘《つ》む必要がない。また、今ある花の花びらにまだ持っていない、エリアの属性に対応する色が加わるのだ。そしてそれをもとにボーンウッドを探して次のエリアに行く……というわけ。

その中で、火が赤、水が青、風が半透明、土が茶、雷が金、木が緑、光が白、闇が黒、空間が紫を指していることがわかった。

ただ、気になったのは、攻略を進めていく度に、なぜかウッドゴーストがニヤニヤしながら私を見つめては、その後悔しげな表情を浮かべるのを繰り返したことだ。この子たちは何かが起ることを知っているようだけど、それが起きないから悔しがっているのかな？

「あのアッシュ様、少しお聞きしたのですが？」

ウッドゴーストが、我慢できなくなったのか六色展開のエリアで、ついに口を開いた。

「どうしたの？」

「あなた方の所持する属性を教えていただけませんか？」

属性？

「ああ、言ってなかったね。僕たち全員、九つ全ての属性を所持しているよ」

「「はあ!?」」

二体同士に、驚きの声を上げる。

「ちょ……ちょっと待ってください。全属性の持ち主は、十人に一人と言われるんですよ!!　それが仲間全員、全属性？　ありえないでしょう!?　ということは、このチビ痴女も全属性？」

普通に考えれば、ここにいる四人全員全属性ということ自体がかなり珍しい。というか、こいつらは私のことを決して名前で呼ばないよね。

「そうだよ」

アッシュさんの一言で、二体は突然私の方へ振り向き、激怒した表情を見せる。

「「クソが!!」」

そして、突然の暴言を吐《は》く。

「それじゃあ、属性花の効果が半減するじゃないか!! 対応する属性を持たない場合、あの花の蜜を吸えば、一時的にその属性を所持できるのに!! 激まずオンパレードの蜜を吸ったときの痴女の顔が見たかったのに〜〜〜!! 反則だろうが、痴女〜〜〜!!」

丁寧な説明を、どうもありがとう。属性花には、そういった効能もあるのね。だから、この二体はニヤニヤしながら私を見ていたのか。相当悔しいのか、枝を鞭《むち》のようにしならせ、地面に叩《たた》きつけている。

「ねえねえ、この花ってそんなにまずいの?」

カムイが興味を持ったのか、六色の属性花一輪をパクッと丸ごと食べてしまう。すると、ウッドゴーストが慌《あわ》てた。

「あ、馬鹿!! カムイ、吐《は》け!! 色の展開が多ければ多いほど、味のまずさもアップするし、濃度も濃くなるんだ!!」

なんですって!? あ、カムイの顔色がどんどん悪くなっていく!!

「ぎゃあああ〜〜〜辛《つら》い〜〜〜苦い〜〜〜えぐい〜〜〜酸《す》っぱい〜〜〜訳がわからないまずさだ〜〜〜〜」

相当まずかったのか、周囲を飛びまくるカムイ。

試しに、私も花の蜜をほんの少しだけ吸ってみると……この世のものとは思えないまずさだったから、すぐに水で薄めて吐《は》いた。

全属性でない人は、これを吸って足りない属性を一時的に補い、攻略を進めていくわけか。これは、精神的にきつい。まだ、六色展開だから、あと三段階まずくなるのね。アッシュさんもリリヤさんも興味を持ったのか、私と同じ行動をとる。

「ぐおお〜〜まっず〜〜〜〜ぺっぺっぺっ!! あ〜全属性でよかった〜〜〜」

「なによこれ〜〜〜まずいまずいまずい〜〜〜〜ペッペッ、水〜〜水〜〜〜」

二人とも私と同じ反応だ。これだけまずいからこそ、ウッドゴーストたちは私の苦しむ姿を見たかったわけね。

「ふん、まあいいさ!! 九色展開全てを終えたら、次は第三区画との境界線にいるボスとの戦いだ。痴女に待っているのは『永遠の死』!! 結界樹を守る最高Sランクの番犬に殺されるがいい!!」

ほほう番犬か、面白いことを聞いた。ここに来るまでの魔物たちは、最高でも知能の低いBランクだったから、久しぶりにSランクの魔物と遭遇《そうぐう》できる。どんな魔物かな、今からワクワクするよ。

○○○

私たちは属性花とボーンウッドを駆使して、ついに第二と第三区画の境界線となる場所まで到達した。

木々が一定間隔に植えられ、その間には蔦《つた》や蔓《つる》が密接に絡み合い、バリケードのようなものを形成しており、それが木々のてっぺんまであるものだから、見た目は完全に植物の壁となっている。

そして、今目の前で先程まで壁だったところが勝手に動いて、アーチ型のトンネルを形成した。まるで、そこを進めと先を促しているみたいに。

「ここを通れば、結界樹を守る番犬がいるんだね？」

「はい。しかし、現時点ではアッシュ様やリリヤ様では太刀打ちできません。ですから、そこの痴女を番犬の餌《えさ》にして、お二人は脱出してください」

この野郎、とことん私を嫌っているよね。

「こらこら、そんな非人道的なことをできるわけないだろう？　とにかく、一目だけでいいから、その姿を拝見してみよう。どう足掻《あが》いても先へ進めないのなら、途中で拾ったこのエスケープストーンで脱出するよ。さあ、行こう!!」

アッシュさんが指揮し、私たちはアーチ型のトンネルを通る。

実は三人からの要望で、私抜きでこの番犬と戦う手筈《てはず》になっていた。カムイが番犬の攻撃を一手に引き受ける『タンク』、アッシュさんが援護としての『中衛』、リリヤさんが白狐童子とタッグを組んで『前衛』という役回りなんだけど……不安だ。

三人はトンネルの中で、既に陣形を組んでいる。私は、一番後方に移動したものの、もしものときは戦闘に加わろう。

長く暗いトンネルを歩いていくと、その先から出口の光が見えた。さあ、何が待ち受けているのかな？　私たちがトンネルを抜けると、そこにいたのは……

「ねえアッシュ、これがこの魔物の戦闘態勢なの？」

「いや、一般的な言葉で言い表すのなら、戦闘態勢ではなく、『服従姿勢』だと思う」

「だよね？　まさか、この姿勢からブレスを……発射しようとする気配も見せないね」

この魔物、戦闘する気があるの？

目の前には三つ首の、俗に言う『ケルベロス』――体長八メートルほどの犬型で漆黒の巨大魔物がいる。それぞれの三つ首も私の身長と同じくらいの大きさで、凄《すさ》まじい威圧感を感じ取れる……が、問題はその姿勢だ。

お腹を空に向けて寝転び、三つの顔にある両目をうるうると潤《うるお》わせたまま私を凝視《ぎょうし》している。『お願い、ここを通しますから攻撃しないで』と訴えるかのように。

あの目、完全に飼い犬の『ごめんなさい、お願いだから叱《しか》らないで!!』とそっくりなんですけど!?

「「こら～～～ケルベロス～～～お前には結界樹を守るボスとしてのプライドがないのか～～～」」

あ、二体のウッドゴーストが同時に切れた。

「「プライドよりも、自分の命を優先するに決まっているだろうが～～～!!　何度でもリスポーンできても、痛いものは痛いのだ!!　第一区画から感じた巨大魔力、その主が私の目の前にいるんだぞ。しかも、私との差があまりにも大きすぎる。このお方にとって私はゴミのような存在なんだ!!　知能の高い魔物たちなら、『そんなやつといちいち戦っていられるか!!』という私の気持ちもわかる!!」」

こっちはこっちで逆ギレだよ。『リスポーン』と言う言葉が気になるところだけど、今は置いておく。ウッドゴーストの身ぐるみを剥《は》いだとき、夢中になっていたせいで、魔力を少し周囲に放出してしまったのか。だから、ここに来るまでの敵が、知能の低いBランク以下の魔物ばかりだったのね。

そもそも、そういう態度を取るのなら、せめて『服従』ではなく、『平伏』の姿勢で待っていなさいよ～～。魔物としての尊厳は、どこに行ったのよ～～～。

「「「どうぞお通りください。この先のトンネルを抜けると、結界樹へ行けるよう手配しております」」」

ありがたいんだけど、服従姿勢のままで言わないでよ。ほら、アッシュさん、リリヤさんだけでなく、カムイもドン引きしているじゃないか!!

「アッシュ、私……魔物の価値観がわからなくなってきた」

「奇遇だね、リリヤ……僕もだよ」

「同じ魔物として、彼の気持ちもわかるけど、ああはなりたくない」

ボスと戦いたいという意気込みが強かった分、三人はどんどん意気消沈し、気力も萎《な》えていく。

「アッシュ様、リリヤ様、申し訳ありません。この痴女のせいで、私たちも案内する気力がなくなりました。幸い、結界樹の試練の結果次第で大霊樹へ行くことも可能ですから、ここからはみなさんだけで頑張《がんば》ってください。あと……あの痴女のいないところで、今後我々を召喚してください。あいつがいれば、我々の築いてきた全てが消失してしまいそうで……」

え、これって全部私のせいなの？

「あはは……なんか、ごめんね。ここまで案内してくれてありがとう。召喚の際は、気をつけるよ」

「ウッドゴースト、ありがとう。ゆっくり休養をとってね。あと他の冒険者に狩られないようにね」

「リリヤ様、それは大丈夫です。この迷宮の森で生まれた知能の高い魔物は、特別に全員リスポーンが可能なんです。つまり、たとえ狩られたとしても、結界樹の力で記憶を持ったまま何度でも甦《よみがえ》るのですよ。ただし、森の外で狩られてしまうと、普通に死んでしまいますが」

『リスポーン』とは、この迷宮の森限定で備わっている特殊機能。転移魔法の眠る地でもあるから、知能の高い魔物は半永久的に生きられるけど、その分何らかの役割をガーランド様や精霊様から与えられているんだろうね。

「そっか、それでも狩られてほしくないな。みんなで頑張《がんば》って強くなろうね」

「「はい!!」」

リリヤさんが笑顔でそう言うと、感激したのか、二体のウッドゴーストたちは目を潤《うる》ませ元気よく返事をする。私も案内のお礼を言ったものの、『もう剥《は》ぐなよ!!』とだけ吐《は》き捨て、その場を去っていった。

7話　結界樹の試練

私たちは服従姿勢を保ったままのケルベロスにお礼を言い、先にあるアーチ型のトンネルを通っていく。ここを抜ければ、いよいよ結界樹へ到達する。

ロベルトさんから大霊樹のことは聞いていても、結界樹については何も聞いていない。多分、転移魔法とは関係ないから話さなかったのだろう。でも、そうなると『結界樹』という名前からして、大霊樹を守護する『番犬』ならぬ『番木』なのかな？

ウッドゴーストやケルベロスの言った『リスポーン』も結界樹の持つ力の一部だから、迷宮の森全体を管理しているのかもしれない。

「ケルベロス、凄《すご》く強そうな魔物だったのに、あんな格好《かっこう》で僕たちを出迎えるんだもん。あ〜あ、なんか拍子抜けだよ〜」

カムイ、先程の一件をまだ引きずっているのね。バザータウンのダンジョン『奈落』で培《つちか》った三人のチームワークを私に見せたいがために、かなり気分が高揚していたから無理もない。

「カムイ、そこまで落ち込む必要ないよ。シャーロットが故郷へ帰還した後、僕とリリヤとカムイの三人だけで再挑戦すればいい。今はまだ未熟だけど、三人全員がもっと力をつけて、今以上に結束してから、ケルベロスに挑むんだ」

「そうだよ。仮に、今戦ったとしても、シャーロットが後方に控えている以上、絶対的な安心感のせいで、本来の力を出せなかったと思う」

アッシュさんとリリヤさんは、前向きに物事を考えている。

「あ、それは言えてる!! シャーロットの存在感は絶大だもん!! 危機的事態に陥《おちい》っても、自分で対処しようとせずに頼ろうとしたかもしれない」

カムイも納得したようだ。

今回の一件で、ケルベロスは私たちの顔を覚えただろう。彼は知能もかなり高いし、リスポーンも可能だから、今後修行の一環として三人と手合わせしてくれるかもしれない。

三人が強さを求めて冒険したいのなら、私という存在が三人の足枷となっているのも事実だ。だから、この冒険で故郷へ帰還できれば、私たちにとって辛《つら》い別れが待っているけど、そこから互いに成長できると思う。


私たちがトンネルを通り抜けた途端、突然女性の声がどこからか聞こえてきた。

『ここを右に回ると、結界樹へ行き着くわよ』

『樹霊花を求めているのなら、左へ行きなさい』

『まっすぐ進めば強い魔物と遭遇《そうぐう》するから、回り道をお勧めするわ』

女性たちの声からは、爽《さわ》やかさを感じる。まるで、精霊様が私たちに助言しているかのようだ。

こんな声で囁《ささや》かれたら、心が自然と従ってしまう。でも……

「ねえ、『樹齢花』って何？　そもそも木だらけで道すらないから、回り道しようがないんだけど？」

『……』

あれ？　気になる点を突っ込んだら、急に黙ったわね。あの爽《さわ》やかな声から、若干の魔力を感じるので、多分幻惑魔法の一種が言葉にかけられているにちがいない。周辺に何かが潜んでいるわね。

「シャーロット、前方に強い魔物がいるって!!　まっすぐ進んで、そいつらと戦いたい!!」

『ダメよ!!　あなたよりも強い魔物がいるの!!　早くその場から逃げなさい!!』

強気のカムイに、声のツッコミが入った!?

「やった、僕より強い魔物だって!!　なおさら前に行こうよ!!」

『なんでそうなるのよ!!　普通、逃げるでしょう!?』

あら～カムイは惑わされているのに、相手の思惑とは違う方向に動いているせいで、相手の口調が乱雑になっているよ。

『そこの魔鬼族の女性、あなたもあのドラゴンを説得して。前方には、体術と幻惑魔法を駆使するリーザドミラージュファイターがいるわ。あなたたちの力では――』

「みんな、前に進みましょう!!　白狐童子が是非とも戦いたいって!!」

『どうして、そんな答えに行き着くのよ!!　死にたいの!?』

ケルベロス戦の後を引いているため、カムイとリリヤさんは強い魔物と戦いたい衝動を抑えきれないみたいだ。実際、そんな魔物は前方にいない。多分結界樹へ行かせないための妨害工作だろう。

声の主は、Cランクの『ミラージュインプ』だね。この魔物は身長三十センチほどと小さいけど、幻惑魔法を駆使して、嘘の中に真実も入れて相手を撹乱《かくらん》する。そして、相手が惑っている間に死角から急所へ毒針を刺してしまう。あなたたちが私たちを惑わすのなら、私も色々と言わせてもらおうかな。

「ねえ、もしその発言が嘘だったら、私はあなたたちの口の中に小さなまち針を一万本入れるからね。もし、逃亡したら……」

『惑わす』という行為が、どれだけ怖いのかを体験させてあげましょう。私は声をいつもより低くして、凄《すご》みを出す。

「今後、この囁《ささや》きに関わっていない同じ種族の魔物たちに対しても、出会った瞬間に捕縛《ほばく》して、針を無理矢理呑《の》み込ませ、必ず討伐していく。私が死ぬまでその行為を続けていくわ。仲間たちが無惨《むざん》に殺されていくことに、同族のインプたちは不思議に思うでしょうね〜。調査していき、犯人が迷宮の森のミラージュインプ四体と知れば、世界中のインプたちが恨《うら》みを晴らすためここへ集まり、あなたたちを拘束して、同じ行為を半永久的に続けるでしょうね〜。リスポーンする度に、仲間たちから『まち針一万本』を無理矢理呑《の》まされる日々が毎日毎日毎日毎日続いていく……」

「すみません‼　全てが嘘です‼」

「私たちには、結界樹へ行かせないための役割が与えられているんです‼」

「まち針一万本だけは勘弁《かんべん》してください!!」

「世界中の仲間たちに何もしないでください!!」

あ、木の上からミラージュインプ四体が現れて、私の頭上へとやって来た。小悪魔的な悪い顔をしていても、顔色がかなり悪い。私の話から自分たちに待ち受ける悲惨《ひさん》な未来を想像したようだ。

「あはは、冗談《じょうだん》だよ。人々を惑したいのなら、これぐらい現実的で説得力のある言い方をしないとね。冒険者たちだって馬鹿じゃないもの。今までは、そんな子供騙《だま》しの惑わしだけで通用していたようだけど、それは他の知能ある魔物たちが手助けしてくれたからだよ。今後は言葉だけじゃなく、様々な罠を張り巡らせて、自分たちの力だけで人々を撃退しないといけない。そうすれば、みんなの『インプ族』の見方も変化してくるわ」

私の言葉に感銘を受けたのか、ミラージュインプたちは涙を流している。

「なんという悪女、そこまで魔物である我々に味方してくれるとは!!」

「悪女様、ありがとうございます!! いつもいつも他の魔物から馬鹿にされる日々が続いていたんです!!」

「もっと言葉に重みを乗せて、相手を惑わせばいいのか!!」

「そこに物理的かつ魔法的な罠を組み込めば、もっと楽しくなる!!」

「「「悪女様、ありがとう〜〜〜〜」」」

「お〜い、私は悪女ではなく、聖女だよ〜〜〜」

私の叫《さけ》びを聞くことなく、彼らは悪女と叫《さけ》びながら、どこかへ飛び去っていった。ウッドゴーストといい、ミラージュインプといい、森の知能ある魔物たちは妙に親近感があるせいか、つい助言してしまった。

「シャーロット、魔物にアドバイスしてどうするの？　今後、ここを訪れる冒険者たちが攻略しにくくなるよ？」

「アッシュさん、構いませんよ。ここが転移魔法の眠る土地である以上、人々が大霊樹へ到達する回数をもっと減らさないといけません。つまり、難易度をもっと上げていけば、人々だって結界樹に到達した時点で攻略を断念するでしょう」

「君の言いたいこともわかるけど、『難易度が上がる』ということは、その分『帰還率が下がる』ということ。つまり、大勢の人々が死ぬことになる。それでもいいの？」

『難易度が上昇すれば、帰還率が低下する』。一見その通りだと思うけど、絶対ではない。バードピア王国のギルドが、第三区画の結界樹までに出現する魔物たちの特性を今以上に把握《はあく》していけば、帰還率の低下を防げるはずだ。

「千年前の真実を知った以上、私は迷宮の森の味方です。長距離転移魔法のシステムは詳しく知りませんが、ガーランド様が調整したとはいえ、いつか人々が魔法を入手し再調整して、自分たちの都合のいいものに作り替える可能性も否定できません。この森に限っては、史上最強の難易度にしたいくらいです」

再び、転移魔法で戦争なんて起こしたら、ガーランド様自身が地上を見限る可能性もある。私は聖女という役目を担《にな》い、世界最強の力を持ってしまった以上、いずれ強さも知れ渡り、各大陸の国家から注目を浴びるだろう。

あのとき、フランジュ帝国の皇帝になっていれば、私が世界を支配して理想的な世界を作り上げることも可能だったかもしれない。でも、それは永続的なものではない。

やっぱり、みんなが一致団結することで、永続的な平和を保てるようにしたい。私がそれを訴えると……

「なるほど、そういう考え方もあるか」

アッシュさんは納得したようで、怒るカムイとリリヤさんを宥《なだ》めに行く。この先に、結界樹がある。その試練の結果次第で、大霊樹へとひとっ飛びできるというから、私も真剣に臨まねばならない。ここからはガーランド様だって絡んでいるはずだ。必ず、仲間全員に大きな負荷を与えるものが待ち構えているだろう。

○○○

しばらく歩き続けると、先程までの濃霧が急速に晴れていき、視界が広がっていく。その一帯は直径百メートルほどの円形広場となっており、これまで鬱蒼《うっそう》と茂っていた木々が一切なかった。

ただし、広場の中央には、一際《ひときわ》存在感溢《あふ》れる巨大な大きな木が一本だけ生えている。幹の幅が約三十メートル。高さ十メートル付近から霧が発生しているため樹高は不明だけど、相当あるんじゃなかろうか？　これだけ大きく立派な木を、この世界で見るのは初めてだ。

これが結界樹だろう。

でも、迷宮の森自体は、途方もなく広い。この一本だけで全て管理できるとは思えない。おそらく、第三区画にはこれと似た木々が何本もあるはずだ。上空から森全体を見たとき、大霊樹ばかりに気を取られ、こういった木々を見ていなかった。もしかしたら、結界樹は大霊樹を囲うように点在しているかもしれない。

「凄《すご》いや、これが結界樹なんだ」

「存在感がありすぎるわ。……え、アッシュはどこを見ているの？」

カムイとリリヤさんは結界樹の大きさと存在感に見惚《みと》れ、木のてっぺんを見ようと顔を上空に向けている。アッシュさんは、逆に木の根元付近を見ている。そこには六台の巨大なキャットホイール、その中にフィットネスバイクが設置されており、近くに看板が立っている。

「いや、結界樹の存在感には僕も驚いているんだけどさ、この広場に明らかに場違いなものが六台も設置されているから、あれは何だろうかと思ってね」

周囲には人や魔物もいないので、私たちだけで対処しなければならない。とりあえず、近くに立てかけられている立て札を確認してみよう。

立て札①『結界樹へようこそ』
ここまでよく頑張《がんば》りました。この広場はセーフティーエリアとなっているため、魔物に襲われることはありません。きちんと休養をとり、心身ともにリフレッシュしてから、試練に挑んでください。

ふむ、文字の下には、棒グラフが描かれており、横軸が『火・水・風・土・雷・光・闇・空間』の九属性の名称が、縦軸に『各属性の魔力充填量』という名称が記載されている。

グラフのタイトルは、『結界樹の現在の魔力充填量』となっている。

属性によって幅があるようで、最低が光の二十三パーセント、最高が木の五十七パーセント。九属性全てを平均すると三十五パーセントほど。森を維持するために存在しているのだとしたら、この数値はかなり低くない？

もう一つの立て札を読むと、そこには試練の内容が記載されていた。


立て札②『試練：チャージウッドを起動させ、結界樹に魔力を充填しろ‼』

ここから先に進みたければ、六台設置されている『チャージウッド』に乗って、君たちが全身全霊で結界樹に魔力を充填しなさい。ある一定量を充填させることができれば、第四区画へ進むことが可能となります。また、魔力を一定量充填させたチームには、素敵な景品が用意されています。

詳しく知りたければ、下記の規則事項を読むこと。

『規則事項』
・この試練は、個人戦ではなく、チーム戦である。
・挑戦者たちは、結界樹の根元にある石碑に触れてチーム登録してから、チャージウッドに乗り、試練を実施すること。
・挑戦権は、十日に一回とする。
・チーム内に、誰か一人でも十日以内に挑戦している者がいれば登録できない。
・試練の所要時間は一時間。
・ペダルを漕《こ》ぎはじめてから、一度でも回転を止めてしまうと失格となる。
・結界樹へ充填した魔力量は、チャージポイントとして石碑に表記され、次の景品と交換可能である。なお、これは代表例であり、実際の景品リストは試練終了後に、全員のステータスに表示されるので、そこから選択すること。

代表例『必要チャージポイントと景品リスト』
千　　ランダムボックス（小）
二千　　樹齢花の種

三千　第四区画への転移
四千　樹齢花
五千　第五区画『大霊樹』への転移

・余ったチャージポイントは繰り越しされず、その場で消滅するので注意すること。

8話　トキワとの合流

結界樹は、迷宮を維持するために消費する莫大《ばくだい》な魔力を回復させるべく、ここへ訪れる冒険者の欲望を利用している。人がそういう役割を担《にな》っているのなら、森を守る目的からは少し離れてしまうが、ここまでの難易度はまだ控えめだったのだろう。もしくは、ここまで来られない冒険者では必要な魔力を充填できない、とふるいにかけている可能性もあるね。

そして、この第三区画もそこまで苦戦しないにちがいない。でも、次の区画からは違う。大霊樹へは絶対行かせたくないから、難易度がはね上がるはず。

みんなと話し合った結果、万全の態勢で試練に臨むため、今日はここでお泊まりすることになった。

チーム戦である以上、できればトキワさんと合流したいのだけど、あの霧が彼の気配と魔力を拡散させているようで、どこにいるのか全く把握《はあく》できない。

さすがの彼も結界樹に辿《たど》り着き、立て札を見たら、私たちを探すと思う。かといって、絶対とは言い切れないから、明日の正午まで待ち、来なければ昼食を食べた後に試練に臨もうという結論に至る。

その後、私たちは簡易温泉施設を建設し、休養をとることにした。


……その日の夜。

「魔導具の灯りと温泉の匂《にお》いがすると思ったら、本当に簡易温泉施設があるじゃないか!? マジで助かる!!」

夕食を食べ終え、温泉に浸かり疲れを癒《いや》した私たちが、焚《た》き火の前で雑談している最中、背後から声がした。振り返ったところ、声の主の正体が判明する。身体から若干の疲労感を漂わせているトキワさんだ。あの試練で大霊樹へ到達するには、自分一人の力では無理と判断したんだね。私たちは、彼のもとへ駆け寄った。

「トキワさん、少し辛《つら》そうですね」

私がそう質問すると、彼は苦笑いを浮かべる。

「俺は、この森を舐《な》めていたよ。ウッドゴーストはともかく、ミラージュインプの幻惑魔法が思った以上に厄介《やっかい》だ。やつらは俺の記憶を覗《のぞ》き、これまでに知り合った人たちの声色《こわいろ》、性格、容姿を真《ま》似《ね》て撹乱《かくらん》してきやがる。おまけに、物理と魔法の両面からトラップを仕掛けてくるから、現実と虚構の区別が判別しにくい。何とか討伐できたが、『悪女様の言う通りにしたら、我々でも強者を打ち破れるかもしれないぞ〜〜〜』という謎の断末魔の声を俺に浴びせて息絶えた」

ううん!? つい最近、どこかで聞いたような名前が聞こえたんですけど!? あ、アッシュさんもリリヤさんもカムイも、私のことをじ〜っと見つめてくる。

「トキワさん、すみません。それ……全部私のせいです」

「は?」

私が洗いざらい、ここまでの出来事を報告すると、トキワさんが急に笑い出す。

「あはははは、なるほどな。これまで心に残っていたしこりが綺麗《きれい》になくなったよ。Cランクのミラージュインプにしては妙に賢いから、おかしいと思っていたんだ。君が関わっていたのなら納得だ。魔物視点から見れば、まさに君は聖女ではなく、悪女だな」

だってさ、あまりにも魔法の使い方が稚拙《ちせつ》だったから、ついアドバイスしちゃったんだよ。まさか、すぐに利用するとは思わなかった。トキワさんにここまで言わせるのだから、幻惑魔法をかなり使いこなせるようになったみたいだ。う〜ん、嬉しいのやら悲しいのやら、複雑な気分だね。

「この森に限って言えば、精霊様も魔物の味方をした君を許してくれるだろう。あくまでこの森を守るために実行したことなのだから」

トキワさんが優しげに微笑《ほほえ》み、私の頭を軽く撫《な》でてくれた。よかった、私の真意は彼に伝わっているようだ。

私たちはトキワさんに夕食をご馳走《ちそう》し、その後温泉に入って体力を全回復してもらってから、ここまでの経緯を聞いてみた。

私たちの場合、全員が全属性持ちだから壁にぶつかることなく、第二区画を比較的短時間で突破できた。でも、トキワさんはそうではないため、何度もあのまずい蜜を飲むはめになったとか。

彼が第三区画の境界線に到着した際のボスは、『ゴーゴンビースト』というSランクのゴースト族らしい。

獣の割に礼儀正しく挑んできたことから、彼もそれに倣《なら》い、自分の最高の力を出し切るため鬼神変化して正々堂々力で挑み、討伐に成功する。

ゴーゴンビーストは、魔物である自分に対して、傲慢《ごうまん》になることなく礼儀正しいトキワさんに感銘を受け、結界樹へ直接行けるトンネルを開いてくれた。でも、そこには誰もおらず、立て札を読んだところ、自分一人の力で大霊樹へ到達することも可能だけど、その時期が私よりも大幅に遅れてしまうことを悟る。

それからは、ずっと第二、第三区画を移動して、私たちのいる結界樹を探していたという。

その過程で、結界樹は全部で四本あることを知り、『ゴーゴンビースト』『リッチ』『バイパードラゴン』『ケルベロス』という四体のボスを撃破した。

ちなみに、その四体のボスは、対応する属性花の独特の匂《にお》いを嗅《か》がせることで、五分程度眠らせることが可能らしく、技量の足りない冒険者であっても第三区画へ行けるらしい。

トキワさんは都度《つど》正々堂々戦い、最後の四本目の結界樹で私たちと遭遇《そうぐう》したということになる。

ここに到達するまでに、ミラージュインプの幻惑攻撃に二度遭《あ》ったそうで、精神的にも少し疲労したと教えてくれた。

「師匠はここを単独で突破したようだが、今の俺は一人じゃない。お前たちに迷惑をかけるわけにもいかない。ここからは一丸となって前へ進もう。まずは、明日のチャージウッド戦だな」

次の第四区画へ行くには、明日の試練で一定のチャージポイントを稼がないといけない。それに失敗すれば、次の挑戦は十日後となる。ここまで来て失敗はしたくないのだけど、挑戦自体が初めてだから、一時間という限られた時間内でのペース配分がわからない。

「スキル『鬼神変化』を持つ私とトキワさんは、初めから全力で挑めばいいのでしょうか？」

今のリリヤさんなら、白狐童子との意思疎通も可能だ。もしかしたら、スキルの制約を超えて、自分の意思で鬼神変化できるようになるかもしれない。ただ、その行為は得策とは言えないと思う。

「それは絶対にダメだ。あの形状を見た限り、中の物体に乗り、足を器具に乗せて漕《こ》ぐことで、根っこを経由して俺たちの魔力を結界樹に充填していく仕組みだろう。つまり、一時間ぶっ通しで漕《こ》がなきゃいけないわけだが、『鬼神変化』の制限時間は短い。いきなり全力で漕《こ》げば、体力が途中で切れてしまい、合計チャージ量も少なくなる。一時間という限られた時間内で、個人の合計チャージ量を最大限まで稼がないと、おそらく第五区画へ行ける五千ポイントに到達しない」

その意見は正しい。私とアッシュさんも全力を出した場合、それをどれだけの時間維持できるのかわからない。

そもそも私に至っては、制御できないということもあって、全力を出したことがない。

「トキワさん、はじめの十分は普通に漕《こ》いで、魔力を放出した際のチャージ量を把握《はあく》しませんか？」

私の意見を、みんなにぶつけてみる。

「ああ、俺もそのつもりでいる。特に、シャーロットはまだ魔力を完全制御できるわけじゃないから、自分でもどこまでが全力なのか把握《はあく》していない。まずは様子見で、普通に漕《こ》ぐ。チャージウッドの特性を完全に理解してから、本気で挑むぞ。シャーロット、アッシュ、リリヤ、それでいいな？」

「「「はい!!」」」

さすがトキワさん、私のことを深く理解してくれている。制御をミスったら結界樹を破壊しかねない以上、慎重に行動していこう。

「も〜〜〜僕のことを完全に無視して話を進めているよね!!　僕だって魔力量五百を超えているんだから、みんなの役に立てるよ!!」

あえて考えていないよう振る舞っていたのに……全員がカムイの一言で押し黙り、気まずい雰囲《ふんい》気《き》となる。だってさ、カムイの体型を考慮すれば、物理的な意味合いで……ペダルを漕《こ》げないでしょう？　『足が短いから、あなたには漕《こ》げませんよ』って、本人に言いたくないしね。

「トキワ～～～、僕にもスキル『人化』を教えてよ～～～。お父さんもお母さんもまだ早いって言うし、結局教えてくれなかったんだ。ねえ、教えてよ～～～」

子供が駄々をこねる感じになってきた。いや、本当に子供だけど。どう対応しよう？

「もちろん、カムイにもチームに入ってもらうが、スキル『人化』は教えられない」

「え～～～なんで～～～」

「これは、君の身体のことを考えての配慮だ。君は子供で、魔力の制御もシャーロット以上に未熟だ。そんな君がスキルを覚えた直後に、いきなり人化した状態で全力を出してしまえば、副作用が出るんだよ」

お～、優しく丁寧に接してくれているから、カムイも怒りを抑えて真剣に聞いている。

「副作用？　どんな？」

「一生、人間のままとなる。カムイがこのまま成長すれば、誇り高き立派なエンシェントドラゴンになるだろう。もしここで無理に欲求を押し通して、一生人間になってしまったら、君のご両親はどう思うかな？」

「う……それは……でも、僕も……お手伝いしたい」

多分、トキワさんの言ったことは嘘だ。身体に負荷はかかるだろうけど、一生人間のままとはならないはずだ。トキワさんなりに、カムイのことを気遣っての発言なのかな。

「それに、カムイには重大な役割がある」

「え、あるの!?　なになに!!」

その言葉を聞いた途端、しょげていたカムイがぱあっと明るくなり、トキワさんを見る。

「カムイには、俺たち四人の状況を逐一《ちくいち》観察し、『とある役割』をこなしてもらいたい。これがなければ、おそらくチャージポイントは五千を超せない」

「おお!!　それってどんな内容なの？」

――トキワさんの言ったカムイの役割は、試練の禁止事項に触れないギリギリの内容だった。カムイが上手く動いてくれれば、チャージポイント五千を超えることだって夢じゃない。明日の試練、面白いことが起こるかもしれない。

9話　結界樹の試練開始

翌朝、私たちは結界樹の根元付近に設置されている小さな石碑に、自分たちの右手を置き、チーム登録をした。

六台あるチャージウッドのうち使用するのは四台となる。キャットホイールの中にあるフィットネスバイク自体は、日本で知るタイプと似ているため、私はサドルの位置を調整して、その上に乗る。ペダルは何かに固定されており、ピクリとも動かない。

みんなには昨日の夜の時点で、自転車やフィットネスバイクについて説明しているので、全員問題なく調整し終える。すると、私の前にウィンドウが表示され、アナウンスが発せられる。

『チーム全員がチャージウッドに乗ったことを確認しました。ペダルの固定を解除し、今からチャージウッドを発動させます……それでは試練開始!!』

いよいよ、始まりだ。ここまで来たら、必ず五千ポイントを超えてやる!!

「みんな、頑張《がんば》ってね!! 苦しくなったら、すぐ僕に言ってね!!」

全員が頷《うなず》き、ペダルを漕《こ》ぎ出す。すると……みんながある一言を口にする。

「「「「軽!!」」」」

まだ、魔力を放出していないせいか、ペダルが軽すぎる!? この感じだと、ペダルの回転数は魔力の充填に関係していない? とにかく、少しずつ魔力を解放して、様子を見よう。あ、フィットネスバイクのハンドルの中央付近にある長方形の画面に、アナログメーターのようなものが表示された!! メーターの下の部分には、『毎分魔力放出量』と表記されており、メーターの最低数値はゼロ、最高が千となっている。

「チャージポイントが表示されないのは残念だけど、このメーターがあれば、ペース配分も計りやすい。現在は十程度か」

あ、試しにペースを上げたら、ほんの少しずつだけど、メータも上昇していき、ペダルにも負荷がかかってきた。魔力を放出すればするほど、ペダルが重くなる仕組みなの？

「カムイ、石碑に表示されるチャージポイントに変化は出ている？」

「う～ん、まだ数分経過しただけだし、ゼロのままだよ」

そりゃあそうか。とりあえず、今の魔力放出量を毎分百程度に抑えておこう。これがペダルを通して根に送られ、結界樹へと伝っていくわけか。

このまま魔力を放出し続けるだけで、チャージポイントが少しずつ蓄積していくはず。問題はそのペースだよね。

それと魔力を充填させるだけなら、こんな凝《こ》ったものを製作する必要はあったのだろうか？　昨日の夜も、その点についてみんなと議論し合ったものの、結局立て札の情報しかないから、全て推測の域を出なかったんだよ。

この試練には、まだ何か隠されているね。


……十分後。

四人全員が毎分魔力放出量を十～百にしているのに、チャージポイントが三しか溜《た》まっていない。おかしい、結界樹への充填量と計算が合わない。

「あ、石碑に新しく何か表示されたよ!!　え～と、タイトルが『現在の全力度』。その下に、みんなの名前と数値が書かれてる。トキワが〇・三、アッシュが五、リリヤが二、シャーロット〇・〇一だって」

全力度⁉　え、そんな表示まで出るの‼

「ちょっと待て、カムイ‼　全力で実行しないと、チャージポイントは全く上がらないってことか⁉」

「よくわからないけど、トキワの言っていることが当たっていると思う。ポイントも、さっきから三で止まってる」

そういえば立て札にも、『全身全霊で結界樹に魔力を充填しなさい』と書かれていたっけ‼　この場合の全力って、どういう意味なんだろうか？

私の場合、魔力放出量を毎分五百にすれば、六十分で三万を消費することになる。けれど、それで全力と判断されるのだろうか？　何か違う気がする。

これがボスとの戦闘であった場合、『魔力循環』や『魔力操作』『身体強化』といった基本スキルを全開にして挑むのだけど、まさかそれをここでやらないといけないのだろうか？

試しにやってみよう。

え……これは⁉

全属性を身体に付与し、『魔力循環』と『魔力操作』で、私の魔力を無駄なくペダルに注ぎ込むと、ペダルの負荷が急激に増した。一度でも回転を止めてしまうと失格だから、私はすぐに『身体強化』でペダルを漕《こ》いで、先程のペースに戻す。

「あ、シャーロットの全力度が六十、トキワの全力度が六十五に跳《は》ね上がった‼　チャージポイントも少しずつだけど、増えていってるよ!!」

なるほど、結界樹の仕組みが大体わかってきた。トキワさんも、ほぼ同時に気づいたようだ。

「トキワさん!!　四人で、どう分担していきましょうか？」

「こいつは、かなり厄介《やっかい》だ。『属性付与』に関しては、アッシュが木と水、リリヤが雷と闇、俺とシャーロットが自分の持つ全てを身体に付与して、ペダルを漕《こ》いでいく!!　その際、負荷が強烈にかかるから、必ず『身体強化』スキルを使え!!　みんな、やるぞ!!」

「「「はい!!」」」

アッシュさんとリリヤさんの負担を少しでも減らすため、『属性付与』を二つだけにしたんだ。今の二人の力量なら、二重付与程度であれば、他のスキルとも併用できるもんね。

「アッシュの全力度が七十、リリヤは六十五に上がった。チャージポイントも二百を超えたよ!!」

やっと二百を超えたんだ。まだ十五分程度だから、このペースでは五千に到達しない。みんなとの相談で、トキワさんの秘策を使用するのは後半の三十分以降、前半でどこまでポイントを稼げるかが問題だ。

○○○

「三十分経過!!　チャージポイントは千四百六十五だよ!!」

みんなが何も喋《しゃべ》らず、黙々と漕《こ》ぎ続けて、ようやく千五百に到達するかしないかのレベルか。いよいよ秘策を解き放つときがきたね。

「リリヤ～～～白狐童子と交代しろ～～～。俺たちの『鬼神変化』とシャーロットの全力放出で充填量とポイントを底上げするぞ～～～～」

「了解～～～～よっしゃ～～～真打ち登場～～～。我が主人の望みを叶《かな》えるため、ここからは私が全力全開で漕《こ》ぎまくる!!」

「あの件も忘れるなよ～～～。ここを、俺たちにとっての通過点にするぞ～～～」

「当たり前だ～～～私とリリヤはもっともっと強くなるのだ～～～～」

トキワさんの掛け声で、周囲の雰囲気《ふんいき》が一変する。そう、二人にとってこのシチュエーションは、自分の持つ『限界』という壁を突破できるかもしれない貴重なイベントなのだ。

鬼神変化した際の能力値の増加率は、一定ではない。基礎能力値が高くなるほど、変化した際の能力値も向上していく。

鬼神変化時のトキワさんの魔力は、私やイオルさんと戦闘したことにより、九百九十九と神ガーランド様の設定したシステムの限界にまで達している。

リリヤさんはまだ弱いこともあって、七百のままだけど、彼女の場合はトキワさん以上に秘めたる力を有している。

なぜなら、『鬼神変化』を使いこなすために必要なスキルレベルにまだ達していないにもかかわらず、裏の人格『白狐童子』と仲良く会話したり、厄浄禍津金剛との接触で、ほんの一瞬だけだが、表と裏が一体化するというレアな現象が起きたからだ。

だから、ここで白狐童子が表に出て、全力を出し切れば、魔力値も限界突破するかもしれない。

私の方も、基本スキルを全て全力で行使しつつ、ユニークスキル『環境適応』を利用しながら、ユニークスキル『身体制御』の上限値を六千から七千、さらに八千とどんどん上げていく。

そして今では一万五千までの魔力を制御することに成功している。毎分の魔力放出量自体に変化はないけど、その分全力度が七十六にまで増加した。

ここからは、上限値を引き上げる速度を速くしていき、魔力放出量を毎分五百から二千に引き上げる。

「うわあ～～～凄《すご》い勢いでチャージポイントが増えていってる!!　これなら、余裕で五千を稼げるよ!!」

鬼神変化には制限時間があるから、通常であれば、このペースを長く維持することはできない。でも、今の二人は自分自身の限界を超えようと必死に頑張《がんば》っているので、『アレ』の服用もギリギリまで抑えるはずだ。かくいう私も、このペースではいずれ魔力も尽きてしまう。でも、限界を超えてでも五千に到達させせないといけないから、立て札通り全身全霊の力でペダルを漕《こ》ぎまくる。

超える……超える……超えてみせる!!

俺――トキワ自身が全力を出せる機会なんて早々ない。

師匠と別れて以降、これまでに鬼神変化して本気で戦ったのは、ネーベリックとシャーロットだけだ。

○○○

ネーベリックとは正真正銘の死と隣り合わせの真剣勝負。まだ未熟だったせいもあって、勝負は引き分けに終わったが、あの戦いで『鬼神変化』の能力限界値が七百五十に増加した。

シャーロットとはクーデター時に戦い、半分演技、半分真剣勝負という危機感に欠けた状況だったが、俺の気づかない弱点が判明したこともあって、ここでも限界値が増加した。

その後、鬼神変化こそしていないものの、イオルさんと本気で戦い合ったことで、九百九十九へと上り詰めた。

あと少し……あと少しで……俺は真の限界を超えることができる!!

神ガーランドの製作したシステムの限界値など知ったことか!!

死と隣り合わせという危機感に満ちた状況でこそないが、ここ結界樹は『鬼神変化』で挑める数少ない場所でもある。しかも、ここならば周囲に被害を及ぼすこともないので、何の気兼ねもなく、俺は自分の持つ全てを出し切ることができる。

「師匠、俺もシステムの限界と言われている九百九十九の壁を打ち破ります‼」

俺と別れる直前の師匠の限界値は千七百。あれから六年以上も経過しているのだから、今頃は二千を確実に超えているだろう。

もう一人の『鬼神変化』の持ち主リリヤも、今はまだ弱いが、かなりの潜在能力を秘めている。

アッシュとシャーロットの二人が、そんな彼女の潜在能力をどんどん引き出している。

彼女は……化ける‼

はは、いいね‼

俺の後ろから、リリヤという後輩が猛追してきている。

ここで抜かれたら、先輩としての面目が丸潰《まるつぶ》れだ。

俺の敷かれているレールのかなり先には、師匠とシャーロットがいるが、前ばかり見ていたせいで、後方にいるもう一人の存在に気づくのが遅れたんだ。

そうだ……この刺激……俺はこれが欲しかったんだよ‼

「はははははは、うおぉぉ〜〜〜システムをぶち壊すぞ〜〜〜」

俺は、千を超えた師匠と、万を超えたシャーロットの魔力を既に知覚している。

その先は、必ずある‼

心を燃やせ‼

限界を超えろ!!

○○○

やっと……やっと我が盟主のために、身体を動かせる!! 私――白狐童子は、リリヤ・マッケンジーという魔鬼族の裏人格でしかない。そのせいで、表に出ることは滅多《めった》にない。

シャーロット様と出会って以降、私は不甲斐《ふがい》ないリリヤにイライラしていたが、『クーデター』『隠れ里』『ナルカトナ遺跡』『盗賊退治』『厄浄禍津金剛《やくじょうまがつこんごう》』――あいつは自分の持つ個性と向かい合い、懸命に強くなろうと努力していた。

私は次第にリリヤを認めはじめたものの、自分にできることと言えば、リリヤの心が折れないよう、助言を与えるくらいだった。

だが、今は逆の立場になっている。リリヤが私の心の中で、私のために『頑張《がんば》れ頑張《がんば》れ』と応援し続けている。

目覚めた当初、あれだけひ弱だった子供が、ここまで心を輝かせるとは正直思っていなかった。

「リリヤ、わかっている。せっかく表に出てこられたのだ。シャーロット様の願いを叶《かな》えてみせる!! そして、自分の限界を超える!!」

甘えるな、甘えるな。シャーロット様に甘えるな!! あのお方は史上最強の存在で前世持ちであるが、まだ八歳の子供だ。時折、不安定な要素を見せている以上、我々が彼女を支えなければならない!!

そんな我々が、いつまでも神ガーランドのシステムの呪縛《じゅばく》に囚《とら》われていてたまるか!! だが、今の私とリリヤでは、トキワの師匠コウヤ・イチノイのように九百九十九を超えることはできないことを百も承知している。今は、七百という限界値を超えることだけに集中しろ!!

魔力を無駄なく循環させ、全てをペダルに集約させろ。

「あああああ〜〜〜〜強くなる。私たちは、もっと強くなる!!」

我が主人のために、限界を超えてやる!!

10話　限界の果てに

リリヤもトキワさんも凄《すご》いよ。

僕——アッシュは、君たちのような強さがないごくごく平凡な冒険者で、あそこまで強さに対して貪欲にはなれない。その一番の理由、僕がユニークスキル『鬼神変化』のような基礎能力値を飛躍的に向上させるスキルを持ち合わせていないことにある。

言い方が下品になってしまうけど、限界を超えられる貴重な餌《えさ》が、二人の前にぶら下げられている状態だからこそ、あそこまでがむしゃらに動けるんだ。

普通の人であれば、そんな簡単に基礎能力値を上げられない。例外があるとすれば、それは『称号』の会得だ。神に色々な意味で認められた者に限り、能力値を底上げする称号を得ることができる。でも、これに関しては決まった法則性はない。

シャーロットの場合、神ガーランド様が結構な頻度《ひんど》で観察しているからこそ、あんなおかしな称号をぽんぽん貰《もら》えるんだ。

僕にも、『臭気地獄の冷酷鬼』というものがあって、おかげでステータスは五百の壁を突破できた。でも、基礎能力値は向上していない。

とは言っても……

「これだけ周りに強いメンバーがいれば、誰だって嫉妬《しっと》くらいはする。だからといって……ここでへこたれる僕じゃない!! 僕は僕なりのやり方で強くなる!! 好きな女の子に、ずっと守られるような情けない男にはなりたくない!! 少しでも強くなるために、どんなイベントであろうとも全力を尽くすのみ!! カムイ〜〜〜ハイポーションとハイマジックポーションをくれ〜〜〜」

「はいは〜〜〜い」

僕は『ハイポーション』を飲んで体力を、『ハイマジックポーション』を飲んで魔力を全回復させる。

これこそが、トキワさんの秘策だ。

これまでの旅の道中で購入もしくは譲渡された回復アイテムを使い、身体の全てを何度も全回復させ、全力全開でペダルを漕《こ》ぎまくる!!　ペダルの回転を止めた時点で即終了するから、アイテムを渡してくれるカムイの役目は責任重大だ。

僕はまだそこまで強くないからポーション類で全回復できるけど、それでもかなりのハイペースで漕《こ》いでいるため、すぐに枯渇《こかつ》してしまう。だから、さっきからポーション類を飲みまくり、自分の身体を酷使している。自分の基礎能力値を少しでも上げるには、誰であろうともこの方法しかない。

ただ、シャーロット、白狐童子、トキワさんの三人を回復させるには、貴重なエリクサー級の回復薬が必須となる。幸い、僕たちには隠れ里のカゲロウさんたちから貰《もら》った『霊樹の雫《しずく》』がまだ二本残っているし、トキワさんもエリクサーを六本所持している。

『構造解析』の力でわかったことだけど、この二種類の回復薬のうち『霊樹の雫《しずく》』は身体の状態を二十四時間前に戻してくれる効能がある。

つまり、トキワさんとリリヤはこれを飲んで全回復すると、ユニークスキル『鬼神変化』をもう一度使用することが可能となる!!　残念ながらエリクサーは、そういった効果を有していないから、シャーロットに一本だけ持たせている。トキワさんも本当なら全部渡したいと言っていたものの、まだ迷宮の森の中間地点とも言える場所だから、ここで全てを使い切ってはいけないということで、一本だけにした。

トキワさんと白狐童子は限界が近いことを悟り、既に霊樹の雫《しずく》を飲んでいる。あの薬には、周囲の者たちの魔力を少しずつ回復させる効能もある。

だからなのか、僕はかなりのハイペースでペダルを漕《こ》いでいるのに、魔力の減り方が少ない。

今の僕にとってすべきことは、シャーロットのために全身全霊の力でペダルを漕《こ》ぎ、チャージポイントを五千以上にすること!! お膳立《ぜんだ》ては、みんながしてくれている!!

「うおお〜〜〜身体がぶっ倒れるまで漕《こ》ぎまくってやる〜〜〜」

もう何も考えるな、雑念を捨てろ!! 漕《こ》ぐことだけに、全神経を集中させるんだ!!

○○○

試練が終了した。私たちはチャージウッドから降りた途端、地面へと崩れ落ちる。身体をかなり酷使したせいで、足に全然力が入らない。カムイがさりげなくみんなにポーションを渡してくれたおかげで、体力がほんの少しだけ回復する。

チャージポイントに関しては、三千五百を超えてから隠されてしまい、私たちは非常に焦《あせ》った。そのときの残り時間は十二分ほどしかなかった。そのためトキワさんから許可をもらった後、四人全員が予定外の貴重なエリクサーを飲み、時間を気にすることなく、超ハイペースでペダルを漕《こ》ぎまくった。

トキワさんも白狐童子も、『鬼神変化』の限界時間を超えても、無理矢理状態を維持して身体を酷使したので、終了と同時に変化が解けてしまい、そのまま地面へと倒れ込む。それからポーションを飲み、身体を仰向けにして、現在は空を見たままでいる。

アッシュさんは、ふらふらと樹のある方へと歩き出し、そこで……胃の中のものを全て吐《は》いた。彼の場合、ポーション類を飲みまくってお腹がガボガボ状態だったから無理もない。回復成分は身体に吸収されているため問題ないのだけど、かなり辛《つら》そうだ。

「くくく、あはははは」

突然の笑い声、その主はトキワさんか。

「やったぞ、俺は称号『機構打破』を手に入れたぞ～～～。『鬼神変化』の限界値が千六百まで上がった～～～!!」

長年の夢を叶《かな》えて震える歓喜の声が、森中に響き渡る。ついに、プリシエルさんと同じ称号を入手したんだね。そうなると、基礎能力値も全て百ずつ増加するから、今の平均は八百～八百五十くらいになっているはず。

「やった～～～、私も限界値が七百から八百に上がってるわ～～～」

リリヤさんも、上昇したか。あれほどの意気込みを見せて身体を酷使したのだから、上がっていておかしくない。

ただ、彼女の場合、表人格がまだ弱いし、制御可能なスキル条件も満たしていないから、仮に自らの意思でまた鬼神変化できたとしても、維持時間は短い。おそらく、保《も》って最大五分程度かな。今回は、エリクサーを使って無理矢理身体を回復させていたからこそ、あそこまで長時間変身できたし、身体も壊れていないんだ。

「え……僕も能力値が全部五十ずつ上がっている？　どうして？　あ……称号に『心身相関を制御せし者』という表記がある」

アッシュさんも、新たな称号を入手したの!?

称号『心身相関を制御せし者』
喜怒哀楽、嫉妬、妬みなど様々な感情が心身に発生し、精神が悲鳴をあげていたものの、それを単独で完全制御した者に贈られる称号。
副次効果：全能力値を五十アップさせる。スキル『感情制御　Lv10』を入手。

こんな称号が、存在していたんだ。このメンバーの中で、アッシュさんが一番弱い。周囲から感じる途方もない魔力、それに私たちは貴重な回復薬、自分だけが市販品のポーション類、そんなのを見せつけられたら、嫌でも差を感じてしまうよね。

イベント中、彼もそれを強く認識したために、心に嫉妬や妬みといった悪感情が生じてしまったのだろう。でもそれを自分一人で自制したわけか。凄《すご》いな……アッシュさん。

「あははは……ガーランド様に認められたのか……やった、やった〜〜〜〜〜〜」

私とカムイには何もないけど、三人がここまで喜びを爆発させているのだから、今は声をかけないでおこう。というか、私もかなりしんどい。

……十分後。

少し休憩《きゅうけい》したら、身体も軽くなったので、私はゆっくりと起き上がる。

「カムイ、私たちは石碑のチャージポイントを確認しようか？」

「うん、そうだね!!」

これで五千を下回っているのなら、それはそれで仕方ない。第四区画へは行けるのだから、その後に自力で第五区画へ行こう。石碑のもとへ行くと、『合計の魔力充填量とチャージポイントを表示しますか？』というメッセージが表示されている。

「カムイ、『はい』を押すよ」

「うん!!　どのくらい溜《た》まっているかな？　最後の十分だけ、全員が凄《すご》いハイペースだったから、絶対五千を超えているよ!!」

私がタップすると、まず各属性の魔力充填量が表示された。驚いたことに全ての属性が九十パーセント近くまで増加していた。私の魔力量を考慮すると、充填された魔力量は十万を超えているはず。それでも満タンにならないんだ。改めて結界樹を見ると、樹全体が試練前よりも強く輝いていることがわかる。

「凄《すご》いや!!　これってほとんどシャーロットの魔力だよね？」

「そうなるね。さて、チャージポイントはどうなっているかな？」

『今から、チャージポイントを表示し、声でアナウンスします。よろしいですか？』

声でアナウンスする必要はどこにあるのだろう？

とりあえず、『はい』をタップすると、数字が一の位から順にオープンしていき、同時に数字が読み上げられていく。なんか、どこかのテレビ番組で観た鑑定額の表示方法と似ている。

そして、千の位が表示されると、数字は四となっており、気分が沈みかけたのだけど、続いて万の位が一と表示され、そこでアナウンスが止まる。

「シャーロット……これって一万四千百十七ポイントってこと？」

「そ……そうだね」

ポイントが、やけに多くない？　残り十二分で三千五百近くだったから、最後の十分で一万も稼いだってこと!?　そういえば、最後の十分は誰にも相談することなく、各々が死に物狂いで限界を超えてペダルを漕《こ》いでいた。それが影響しているの？

トキワさんも回復したのか、私の後方から数値を確認する。

「五千を超えているのも嬉しいが、まさかここまでポイントを稼げていたとはな。最後の十分、あれが今俺たちのできうる限りの全力と評価されたのか。俺自身、周囲のことを全く気にせず、自分自身を全て晒《さら》け出して限界を超えた。俺だけじゃなく、全員がそうしたからこそ、それが数値として反映されたんだ」

なるほどね、その通りだと思う。

「ここを見てみろ。全力度と団結度が百で、それぞれにボーナスポイント千が付与されている。これは俺の仮説だが、この二つが百パーセントになったことで、チャージポイントが加速度的に増加したんじゃないか？」

ボーナスポイント、そんなものもあったのね。

「ねえねえ、景品リストが表示されたよ？　うわあ～千ポイントずつに振り分けられていて、凄《すご》い数があるよ‼」

景品の数が多すぎる‼　でも、第五区画へ行くための五千ポイントは絶対にキープすることを考慮して端数を削《けず》ったら、残り九千ポイントになった。

「トキワさん、この『樹齢花』って何ですか？」

「これは……まさか……バードピア王国の中でも、王城の庭でしか咲かないと言われている貴重な花のことかもしれない。そういえば、師匠がバードピア王国の王族からの依頼を達成したとき、報奨金だけでなく、褒美《ほうび》として『樹齢花』を貰《もら》っていたな。あの後、師匠は一人で迷宮の森へ行き、帰還してから俺と別行動するようになったんだ」

樹齢花の効能が気になるけど、他に数多くの景品がある。どれを選んだらいいだろうか？

「シャーロット、従魔専用通信でウッドゴーストに樹齢花について聞いてみたわ。その花の蜜を吸えば、誰であっても、九つ全ての属性を永続的に保有することができるんだって」

リリヤさんが、私の後方から樹齢花の効能を教えてくれた。属性花の上位版が樹齢花、一度の摂取で全属性を所持でき、それが永続的に続くのであれば、バードピア王国の王族が褒美《ほうび》として譲渡するのもわかる。

「六千ポイントを消費して、樹齢花とその種を一セットずつ貰《もら》いませんか？　アストレカ大陸に持って帰って、エルディア王国の王城か教会で育てたいです」

アストレカ大陸のどこかに霊樹はあるはずだけれど、隠れ里と同タイプだろうから、こういった景品システムはないだろう。せっかくだし、この貴重な花を育てたい。

第五区画『大霊樹』への転移や景品は、チーム全員に一つずつ贈呈される。でも、この提案は私のわがままになってしまう。みんな、承諾してくれるかな？

「俺は全属性持ちじゃないから、この花が欲しい。アッシュ、リリヤはどうする？」

気づけば、アッシュさんも体調が回復したようで、こちらに来て景品リストを眺めている。

「僕は構いませんよ。自分の目的は少しでも強くなることであって、景品ではありません。リストを見た限り、スキルもあるようですけど、欲しいものだけ名前を覚えておきます。やはり、スキル関係は自分で訓練して習得したいので」

「私も構いません。トキワさんとシャーロットが一番の功労者なんですから、もうお二人で全部景品を選んでもいいと思います」

お二人とも、欲がなさすぎるでしょうに!?　トキワさんとカムイも驚いているよ!!

「そうか……悪いな。カムイは、何か欲しい景品はあるか？」

「残りは三千ポイントだね。う～ん、僕も欲しい景品はないよ。あ～あ、スキル『人化』があったら、迷わず選択したのに」

カムイ、まだこだわっていたのね。

みんなと相談した結果、私たちは『樹齢花』『樹齢花の種』『秘伝書「オリハルコン」』の三つを選択した。合計でちょうど九千ポイント。

秘伝書『オリハルコン』には、これまでに開発されたオリハルコン製のあらゆる装具に関するレシピが掲載されている。今のジストニス王国にとっては喉から手が出るほど欲しいものだろう。そのため、後でクロイス様にプレゼントする予定だ。

景品を貰《もら》うと、トキワさんは迷うことなく樹齢花の蜜を吸い出した。まずいことを考慮して一気に飲んだらしいけど、どうやら大層美味であったらしく、もっとゆっくり味わいたかった～と深く嘆く。

私たちも吸ってみようかなという欲に囚《とら》われたものの、あれだけ苦労して入手したものであるから、欲を抑えてマジックバッグへ入れた。

11話　大霊樹のもたらす最大の試練

私たちは結界樹への試練を乗り越えた。でも、これでまだ半分なのよね。

今の時点で満身創痍《まんしんそうい》だから、私たちはチャージポイントの景品でもある『第五区画「大霊樹」への転移』を、まだ交換していない。

景品の交換は二十四時間以内に行わないといけない。ただ、幸い周囲には誰もいなかったので、私たちは交換しないまま、一旦簡易温泉施設に入り、身体を癒《いや》した。

その後、昼食をとり、十分に心身を休ませてから、景品交換ボタンを押す。

すると、周囲が光ったと思った瞬間、景色が切り替わった。

今回は森から森への移動だから、景観にほとんど大差がないこともあって、長距離転移をしても驚くことはない……と思っていた。しかし、今目の前で大霊樹を見て、私たちは絶句する。結界樹も大きいとは思っていたけど、これは言葉で言い表せないほどの巨大さと存在感を放っている。幹の太さが結界樹の数倍もある。

入口で見たときは、ここまで存在感と威圧感を覚えなかった。

まさか、迷宮の森自体が、幻惑魔法で樹々の存在感を薄くさせていたんじゃあ……大霊樹にしても結界樹にしても、ここまで大きいのなら、入口からでも十分目立つもの。

私たちは、入口の時点で惑わされていたのか。

大霊樹の形は、ハワイにあるモンキーポッドの大木と似ている。ただ、その数十倍も大きいせいで、存在感が段違いだ。それに結界樹と同じで、強く光り輝いている。あ、葉っぱが数枚落ちていく。その一枚一枚が大人の掌サイズ並みで非常に大きい。それが風で私たちのいる場所へ……

「わぷ、葉が⁉」

私の後方にいるカムイが、急に声を上げる。落ちてくる葉っぱの一枚が、顔に当たったようだ。

残りの葉が地面へ落ちると……一瞬で枯れて地面に吸収された‼

トキワさんたちもその光景を見ていたらしく、一様に驚く。カムイの方を見たら、顔についた葉を剥《は》がして捨てようとした。でも、何か予感がしたため急いで止める。

「カムイ、その葉っぱを捨てちゃダメ‼」

「シャーロット、この葉がどうかしたの？」

私が『構造解析』で調べようとしたところ、リリヤさんが代わりに口を開いた。

「カムイ、その葉っぱを捨てちゃダメよ。ウッドゴーストが教えてくれたのだけど……」

気を利かせて、ウッドゴーストに通信し、葉について聞いてくれたようだ。

「名称は『大霊樹の葉』。その葉っぱ一枚を清浄な水で煎《せん》じて飲めば、あらゆる病や呪いを消失させるアイテムになるんだって‼　しかも、なにより凄《すご》いのが、死後二十四時間以内なら、死者すらも蘇生させる力を有しているって、ウッドゴーストが言ってるの」

はあ!?　なんなのその効能は!!　この葉っぱ一枚に膨大な魔力が圧縮されていることは、私にもわかるけど、まさかそこまでの効果を持っていたとは!?

「こんな薄っぺらな葉一枚に、そんな効果があるんだ。僕はいらないから、リリヤにあげる」

葉の価値を知っても、カムイにとっては無用のものらしく、リリヤさんの胸に押しつけようとする。

「私は、これを使えないの。初めに触れた者がこの葉の正当な所持者となるから、これはあなたにしか扱えないわ。カムイ自身が誰かに頼んで液体にしてもらい、それをあなた自身の手で誰かに飲ませて、初めて効果が発動するの。あなた以外の人が誰かに飲ませても、全く意味を成さないものになるんだって」

これほどの効能を持つ葉なら、そういった特殊性を持たせた方がいいね。

「え～そうなの？　う～ん、それならシャーロットが持ってて。今後、シャーロットとならいつでも会えるし、スキル『構造解析』があるから、必要なときに液体にしてもらえばいいよね」

それが無難か。カムイの周辺で何か起きたとき、いつでも駆けつけられるのは私しかいないもの。

「わかった。必要なときが訪れるまで、しっかり保管しておくね」

さて、大霊樹の根元付近には、明らかにその場に似合わない奇妙な物体が六台も設置されている。全員がそれを気になっていて、私たちはその正体を探ろうと近づいていく。

六台とも、円柱形の仕切りがあり、中には、背もたれのある豪華な椅子《いす》が設置されていた。おそらくリクライニング式だろう。そこに、ヘルメットらしき物体も置かれている。

案の定、六台の近くに立て札が設置されている。

大霊樹の試練へようこそ

ここで実施される試練も、結界樹同様、チーム戦となるが、ほとんど個人戦と言っても過言ではない。

課せられる試練の内容は一人ひとり異なり、四人中二人がクリアすれば、みんなが長距離転移魔法の石碑が祀《まつ》られている部屋へと転移させられ、そこで最終試練が課せられる。

ここはセーフティーエリアでもあるから、十分に休養をとった後で試練に臨むように。

所要時間は六時間。スキルと魔法については封印させてもらう。

結界樹と違い、ここでは君たちの強さは一切影響しない。必要とされるのは、頭脳だ。

覚悟ができたとき、六台の神具『ブレインウッド』のいずれかに座り、神具『ヘッドウッド』を被りなさい。その瞬間、試練の内容が画面に表示される。その後はみんなと相談してから試練に臨むといい。

そうそう言い忘れていたが、この試練だけは君たち専用に作ったものだから、他の冒険者たちには他言しないように。ちなみに、カムイは試練が始まると同時に、両親たちのいる入口へ転移させ

られる。そこからは留守番だ。

それでは健闘を祈る。

神ガーランド

「もう、またなの!!　どうして、僕だけが除け者《の》なんだよ!!　お父さんやお母さんと一緒にいられるのは嬉しいよ！　でも、僕だけ長距離転移魔法を貰《もら》えないってことが、なんか腹立つよ!!」

いいや、○歳児にそんな大それた魔法をいきなり与えられないでしょう？　私以上に経験不足だし、私と違って前世の記憶もないもの。これに関しては、ガーランド様の判断が正しいと思う。

私たちはブレインウッドと呼ばれる巨大な神具のもとへ行き、観察する。全員が同じ疑問を抱いているはずで、それを口にしたのはアッシュさんだ。

「これに座ることで、何が起こるのだろう？　チャージウッドの場合、どうすれば動くのか容易にわかったけど、これは想像できないな。これが、ヘッドウッド？　木製の兜《かぶと》のてっぺんに、細長い木の根っこのようなものが接続されていて、それが大霊樹に繋がっているわけか」

椅子《いす》にもたれ、あれを頭に被ることで、試練が実施される。求められるのは『頭脳』。う〜ん、どんな試練なのか想像もつかないわ。ただ、このブレインウッドとヘッドウッドの形状をどこかで見たような気がする。今世ではなく、前世の日本の映画で見たような気もする……う〜ん思い出せない。

どんな試練が行われるのか、みんなと作戦を練ろうとするものの、おかしな形状のせいもあって、結局憶測の域を出ない。試練の制限時間が六時間と長いため、今日一日はゆっくりと温泉に入って疲れを癒《いや》し、十分睡眠をとり、体力や気力を満タンにしてから試練へ挑むことにした。

○○○

翌朝、私たち四人は互いの勝利を信じ、覚悟を決めてブレインウッドに乗り込んだ。そして、ヘッドウッドを頭に装着する。そうすると、私の目の前にメッセージが表示された。

『四人全員の装着を確認。今から十分後に試練を開始する。これから君たちの幽体だけを試練の場所へと移動させる。例外もあるが、通常、君たちは誰の目にも触れられることはない。その状況下で、制限時間以内に試練を遂行すること。シャーロットの試練は「エルディア王国の王都にいるイザベル・マインを捜し出し、自分の存在を彼女に知覚させ、互いの関係を改善しろ」。それでは、時間になったら強制的に試練の場所へ飛ばすので、そのままの状態を維持しながら仲間たちと相談するように』

ちょっと待って!! 幽体、つまり魂だけの状態で故郷へ戻れるってこと!? しかも、イザベルを探し出さないといけないの!? 確か、彼女は公式では処刑されているけど、実際は姿を変化させて今も王都で生活していると、ガーランド様から聞いている。容姿は知らないものの、『聖女代理』

として教会で働いていると言っていた。

「ふざけんな〜〜〜〜〜。こんなの達成できるわけないだろう〜〜〜〜〜」

私が試練の内容への文句を声に出そうと思ったところで、アッシュさんの怒鳴《どな》り声が森中に響き渡る。彼がここまで怒りを表すなんて珍しい。どんな試練なのかな？

「ちょっとアッシュ、急にどうしたの⁉」

この状態を維持したまま仲間と相談はできても、この場から動けない。リリヤさんもわかっているのか、心配そうに尋《たず》ねている。

「あ、リリヤ、すまない。あのさ……君の試練の内容を聞いていいかな？」

「え？　私は『過去のロッカク村に戻って、自分の両親や村人たちを魔物の手から救い出せ』だよ？」

それって、まさか心を試されているのでは？　Cランクのランクアップダンジョンでは、私たちもロッカク村の幻惑を見ている。私はあそこで白狐童子と初めて戦った。

ただ、リリヤさんはまだ自らが家族や村人を手にかけたことを克服できていない。どこか他人事のように捉えている様子もある。

実際に過去に戻れなくても、リリヤさんの中に眠るトラウマを克服するチャンスだね。

「(凄《すご》く真面目な試練だ)そうか……僕は手伝えないけれど頑張《がんば》れ。トキワさんは、どんな内容でしたか？」

「俺か？『ランダルキア大陸中央に位置するズフィールド聖皇国の聖都サルメダルのどこかにい

るコウヤ・イチノイを見つけ出し、師匠だけに自分の存在を知覚させろ』だ」

コウヤさん、そんなところにいるの!?　トキワさんから、彼には妻も子供もいると聞いている。家族全員でそんな遠方まで移動したってこと!?

「(まともな内容だ) そ……そうですか。シャーロットは?」

アッシュさん、どうしたのだろう?

「トキワさんと似ていますよ。『エルディア王国王都のどこかにいるイザベルを捜し出し、私の存在を知覚させ、互いの関係を改善しろ』です。アッシュさんの試練は?」

あれ、静かになった?

「(なんで……僕だけ) 僕の試練は……『幽体となりハリセンだけしか具現化できない状態で、旧友であるグレンかクロエにツッコミを入れつつ、クロエにスキル「グレン落とし」を執行させろ』というものなんだ」

なんでハリセンだけ具現化させて、ツッコミを入れなきゃいけないのよ?

そもそも『グレン落とし』って、クロエさんの持つ対グレンさん専用の技だけど、よほどの怒りを蓄積させないと、発動しないはずだよ?

それに二人とも、今も編集された新たなスキルに苦しみながらも、改心して冒険者として生活しているだろう。そんな二人に対して、それは嫌がらせ行為に等しい。

以前、カムイとトキワさんにも、アッシュさん、グレンさん、クロエさんの関係を教えているので、誰もが押し黙る。

「三人中二人がクリアしないといけないから、この試練はかなり厳しいことになる。今のリリヤの力なら、必ずトラウマを克服できる。問題は、シャーロットと俺だな」

「ちょっと、ちょっと、トキワさん!!　今この瞬間から、僕のことを完全除外しないでくださいよ!!」

アッシュさんの鋭いツッコミが、トキワさんに炸裂《さくれつ》する。

「いや……そうは言ってもな……条件が厳しすぎるだろ？　突然ハリセンだけが具現化して、どちらかにツッコミを入れるんだぞ？　相手側の目線で考えれば、意味不明だろ？　一回でもやれば、二人ともすぐに周囲を警戒する。仮に、お前がハリセンで地面に『僕はアッシュだ。今すぐクロエは、グレンに「グレン落とし」を執行しろ』と書いても、不審がって絶対やらんぞ？」

うん、やらないね。全ての事情をハリセンで地面に書こうとしても、時間がかかりすぎて、その間に冒険者が集まって、近辺にゴーストが出現していると騒動となってしまうだろう。アッシュさんの試練だけが、私たちと違いすぎる。

これは、何か意味があるのだろうか？

みんなでどうしようかと模索していると、突然メッセージが現れる。

『十分経過、ただ今より試練を開始する』

「ちょっと待ってくれ!!　僕だけ意味不明な試練なんだから、その意味を教え……」

アッシュさんの叫《さけ》びが途中で途切れてしまい、私も意識が突然暗転する。

12話　リリヤの試練

こんな唐突に、試練って始まるんだ。

アッシュの叫《さけ》びが途中で途切れてしまったけど、大丈夫かな？

私の試練も過酷だと思う。でも、彼の試練も違った意味で困難だよね？

あれは……多分クリアできないと思う。

そうなると、アッシュを除く三人のうち二人が試練を突破しないといけない。

トキワさんとシャーロットの試練も楽ではない。トキワさんはコウヤさんを見つけ出して、彼だけに存在を知覚させるよう配慮しないといけない。シャーロットの場合、肝心のイザベルが容姿を変化させているから、見つけ出すこと自体が困難だわ。

そうなると、私はこの試練を絶対に乗り越えないといけない。

そう……私の故郷であるここロッカク村の崩壊を食い止めることができれば、試練を乗り越えたとみなされる。そして、今私はその生まれ故郷のどこかの部屋の中にいる。

「ここは……あれ、この感覚は……懐かしい？　……そうだ、思い出した!!　ここは、私の部屋だわ!!」

家具がベッドと子供用の机しかない殺風景《さっぷうけい》な部屋。ここは間違いなく私の部屋だ。

う、頭が痛い。けれど、霧のかかっていた部分が少しずつ晴れていく感覚がする。お父さん……

お母さん……二人の幼馴染《おさななじみ》サナト……アイリ……村のみんな……

「落ち着いて、落ち着くのよ。少しずつ……少しずつ思い出していこう」

あ!?

ここが過去のロッカク村で私の部屋なら、あの扉の先にはお父さんとお母さんがいるんじゃ!?

慌《あわ》てて扉を開けると、仄《ほの》かに甘い匂《にお》いが漂ってくる。この匂《にお》い……そうだ……そうよ……お母さんの得意料理でもある山菜スープだ。

「お母さん!!」

私が慌《あわ》てて部屋を出て台所に行くと、髪を後ろに束ねた女性が山菜を包丁で切り、鍋へ入れるところだった。

「あらあらリリヤ、そんなに慌《あわ》ててどうしたの?」

この優しい笑顔、この匂《にお》い、間違いない……私のお母さんだ!!

生きてる……それじゃあお父さんは!?

「なんだ? 急にリリヤの声が聞こえたぞ?」

あ、玄関から入ってきた黒髪の男性は……お父さんだ!!

「お父さん‼　あ……ああ〜〜〜」

私は止めどなく溢《あふ》れ出てくる涙を抑えきれないまま、お父さんに抱きつく。筋肉質なせいで、お母さんとは全く違う感触だけど、このゴツくて頼もしい弾力は、間違いなくお父さんのものだ。

「おいおい、どうしたリリヤ？　そんなに泣いてしまって、怖い夢でも見たのかい？」

夢、これって夢なの？　それでもいい、ずっと会いたかった両親に会えたのだもの。

お父さんもお母さんも、私がよほど怖い夢を見たと思ったのか、お父さんは私を抱きしめてくれて、お母さんは頭を撫《な》でてくれた。ひとしきり泣いた後、三人で朝食を食べはじめる。

「泣いちゃってごめんなさい。村のみんなが、わた……大勢の魔物に殺される夢を見ちゃったの」

実際のところ、私が両親や村のみんなを殺したのかな？　なくした記憶もほぼ戻ったものの、魔物が襲撃してからの記憶だけは、まだ靄《もや》の中だわ。多分、ここは過去の世界なんだろう。本当に戻れたわけじゃない。ユアラの言っていた仮想現実の世界なんだわ。それなら、私のやるべきことはただ一つよ‼

「そうか、そんな夢を見れば泣きたくなるのも当然だな。魔物なんか襲ってこないよ、ほら外を見てごらん。のどかな光景だろう？」

朝食を食べ終え、私は窓から外を見る。そこからは古風な民家が見え、村人たちが洗濯物を物干し竿《ざお》に干したりと、殺伐《さつばつ》とした雰囲気《ふんいき》はないわ。

「うん。ごめんなさい、取り乱して」

これなら、まだ間に合う。いつ襲撃が起きるかわからないから、警戒を緩めないでおかないと!!

『リリヤ、お前は大事なことを忘れているぞ。ここでは、お前のスキルも魔法も封印されている。しかも、シャーロット様からいただいたホワイトメタルの短剣も弓も服もない状態で、私との入れ替わりもできない。つまり、何もない状態で、村を守らないといけないのだ。制限時間が六時間と設定されている以上、おそらく数時間のうちに襲撃は起こる』

白狐童子から衝撃の発言を聞き、私は絶句する。そうだ、目覚めたらパジャマ姿で、マジックバッグもなかった。これまではホワイトメタルという最強武器があったおかげで、強い魔物とも渡り合えた。この武器のない状況では、私はただの一般レベルの冒険者に過ぎない。

あれ?

それなら、なぜ白狐童子と普通に会話できるのだろう?

『む、そういえばそうだな。私は「鬼神変化」というスキルに含まれる裏人格のはずだが?』

そういえば、以前シャーロットからスキルや魔法が存在しない地球にも、『二重人格』を持つ人間がいると聞いたことがあるわ。特殊な生活環境が続くことで、表の人格を守るために形成されると言っていたけど、私もそれに該当するのかな?

『この際何でもいい!! 私が存在しているのなら、もしかしたら人格の入れ替わりだけは可能かもしれん』

そうか、それが可能なら、まだ望みはあるわ。隠れ里のときのように、魔物大発生で生まれた魔物たちがこの村を襲うのだから、何か異変が起きているはず。村を探索してみよう。今すぐにでも、早く村人たちに魔物襲撃を報《しら》せたいところだけど、何の手がかりもないまま警戒しろと言っても、絶対に信じてもらえない。村の周囲を探索して、少しでも異変を見つけないと!!

「お父さん、外に出てもいいかな?」

「今日は快晴で、魔物の気配も少ないからいいぞ。ただし、村からは絶対に出ないように!!」

「ありがとう!!」

「リリヤ、パジャマ姿で外に出たら、お友達に笑われるわよ。服を着替えてから行きなさい」

「あ……パジャマ……はい」

そうだ、私はそそっかしいところがあって、こんな風にお母さんに叱《しか》られていたっけ。私は、この村を守りたい。

これが仮想世界であったとしても、私の目の前でみんなを殺されてたまるもんですか!!

○○○

外出用のお古の服に着替えてから、私は外に出る。

ロッカク村は都市部から離れた山の麓《ふもと》にあり、服飾類はここから馬車で三時間ほどかかるツェリぺという街に行かないと買えない。私は一度も行ったことがなく、両親にツェリペへ行きたいと何度か駄々をこねたこともある。でも、肝心の馬車が街から月に三度しか来ないので、村の子供たちの中でも、行ったことがある者はごくわずかだ。

村の近辺を歩き回っているうちに、私の中にある靄《もや》がどんどん消失していき、そういった事情も思い出していった。

「リリヤ～、眉間《みけん》に皺《しわ》寄せて何かあったのかよ～～～」

「サ……ナト」

私の幼馴染《おさななじみ》であるサナトは活発な男の子で、もう一人の幼馴染《おさななじみ》アイリと私の三人は、同い年だったこともあり、よく遊んでいたわ。

「何だよ、今日のリリヤはおかしいぞ？　ただでさえブスなのに、余計ブスになるぞ？」

「何ですって⁉　可愛《かわい》い女の子に向かって、ブスブスと連呼しないでよ‼」

「お前……自分からそれを言うか？」

なぜか呆《あき》れられたわ。アッシュなら、絶対ブスって言葉は言わない‼

「サナト、村近辺で何かおかしなことが起きてないかな？」

「突然、どうしたんだよ？」

突然話題を切り替えたせいか、彼が怪訝《けげん》な顔をする。

「今日、おかしな夢を見たのよ。大勢の魔物がこの村を襲って、みんなを殺していく夢よ。あまりにもリアルなものだったから、胸騒ぎを覚えたの」

未来から来たと言っても絶対信じてもらえない。でも、こう言えば、彼も少しは真面目に考えてくれるはずよ。彼は私の表情に嘘がないと理解したのか、真剣な顔つきになっていく。

「実現したら、やばいどころじゃねえな。と言っても、ここ最近は平和そのものだけど……悪い、用事を思い出した。ちょっと、親父のところに行ってくるわ」

「え、ちょっ」

私の返事を待つことなく、サナトはそのまま自分の家の方へと駆けていく。急に、どうしたのかしら？　そういえば、事件前も村の中はのどかで平和な様子だったよね。空気も澄《す》んでいるし、鳥たちの鳴き声もいつもと変わらない。

鳥……か、今から餌《えさ》を作って鳥を増やしたとしても、時間が足りないわ。せめて、鳥召喚だけでも使えたら心強いのに。

「鳥さ～～ん、こっちにおいで～～～」

試しに木に留まっている鳥を呼んでみても、見向きもされなかった。周囲に誰もいなくてよかったわ。

こうやって村の中を探索しても、おかしな様子がない以上、残すは山の中だよね。もしも魔物が平地の草原から襲撃してきた場合、見張り台の警備の人たちがいち早く気づくし、ある程度の対処もできる。でも、ここは山の麓《ふもと》だから山の中で瘴気溜《だ》まりが発生して魔物がやって来たら、その対処だって遅れてしまう。

だからといって、今の私が山の中へ入るわけにもいかない。

「リリヤ、ぼうっとしてどうしたの？」

後方から声をかけられたので振り向くと、アイリがいた。私は長い黒髪だけど、彼女の髪は茶色くて短い。私と違って、どこか緩い雰囲気《ふんいき》があり、性格も大人しい。私とは大親友とも言える間柄。

絶対死なせない!!

「わ……リリヤ、突然抱きついてきてどうしたの？」

「えへへ、ごめんね。ちょっと嫌な夢を見ちゃって」

もう私自身が変な目で見られても構わない。みんなに少しでも警戒してもらい、魔物襲来に備えないといけないわ。私が夢の内容を話すと、アイリはどんどん表情を暗くしていく。

ごめん、あなたは元々怖がりだもんね。こんな話をされたら心細くなって当然だよね。

「魔物の襲来って、これまでに聞いたことないよ？　でも、リリヤの見た夢なんだから……まさか……」

え、なに？　アイリも急に真剣な顔になって、何かを考え込んでいる。彼女がここまで真剣になるのも珍しいわ。

「どうしたの？」

「ねえリリヤ、魔物がいつ襲来するのか、その方向とかもわかる？」

時間……方向……記憶の靄《もや》が少しずつ晴れてきているわ。

「覚えている限りだと……お昼近かった気がする。みんなの対処が遅れていたことも考慮すると、多分あの山からの襲撃だと思う」

突然、記憶の靄《もや》が晴れてきた。今言った発言、自然と漏れ出てきてしまったけど、間違いない。魔物たちは、山から襲撃してきた。

「一応、みんなに言っておこう。世の中には、『未来視』っていうスキルがあるくらいだもの。あなたの夢が実現してもおかしくない」

「え……うん……」

夢……何だろう？

違和感がある。

大切な何かを忘れているような気がする。

私は何を忘れているの？

『私も、リリヤと同じ気分だ。私たちは、何かを見落としているぞ』

何を見落としているの？　う、頭が⁉　この見落としが、私にとって重要なことなの？

「リリヤ、私たちの秘密基地に行きましょう。あそこへ行けば、私たち用の武器もある」

「わかった、行こう‼」

何か重大なことを忘れている。

身体が……心が訴えている。

これを思い出さないと、前へ進めない気がする。

13話　魔物たちの襲撃

「おかしい、おかしいわ」

あれから、私はアイリと一緒に秘密基地の倉庫へ行って、自分に見合う武器を探した。

ここロッカク村は街から離れていることもあって、村人は自宅に武器を保管している。私、サナト、アイリは、廃棄する予定の武器を集め、村の備蓄庫にこっそり隠している。

アイリは倉庫へ入ると、普段のおっとりした顔からは考えられない真剣さで武器を物色し、短剣を装備した。私もそれに倣《なら》い、短剣と弓を装備して、村全体を見回る。

村人たちが何事かと理由を聞いてくるので、私が夢の話をしたら、どういうわけかみんなが真剣な顔になって、家へと戻っていく。

そうしたことを繰り返していくうちに、知らぬ間に六時間経過していた。それなのに、試練が終わる気配を見せない。

やがて暗くなってきたため、私たちはお別れして自分たちの家へ戻り、両親と楽しくお話ししながら夕食を食べ、お風呂に入り就寝することとなった。

私は布団の中で、ずっと疑問に思っていたことを白狐童子に尋ねてみる。

『白狐童子、試練っていつ終わるの？』

『わからん。六時間はとうに超えている。だが、ここがユアラの言った仮想世界と同じ場所であるのなら、時間の流れが遅くなっているかもしれん』

『そういえば、ユアラがシャーロットになっていたときに説明してくれたね』

VRの中では、時間の流れも遅くなっているから、大勢の人々が現実を忘れて、ゲームに没頭《ぼっとう》できると言っていた。両親とずっとお話しできるのは嬉しいけど、魔物がいつ襲撃してくるのかがわからない以上、いつまでも緊張状態が続くわ。

『そうでもないぞ。「時間は昼前」「襲撃方向は山」。この二点がわかっているし、村人たちも私たちの話を信じ、周囲を警戒しはじめている。これならば、突然の急襲であっても、遅れをとるまい。明日に備えるためにも、今日はもう寝ろ』

白狐童子、もう一つ気がかりなことがあるわ。

『私が話した夢を、村のみんなが疑わずにすぐに信用してくれたこと』

この行為自体は嬉しいけれど、誰一人疑うことなくすぐに警戒網を張り、山を監視するなんてことがあるかしら？　なぜだろう、私は何かを忘れている。『答え』は目の前にあるのに、それに辿《たど》り着いていない気分だわ。今日は、もう寝よう。

○○○

翌朝、私が朝食を食べ終えると、サナトとアイリがやって来た。二人が村の高台となる丘へ行って、周辺の状況を観察してみようと言ってきた。私はそれを承諾する。

「三人とも、異変を見つけても、そこに行ってはダメよ。すぐに戻ってきて、私たち大人に伝えること!! いいわね?」

「おばさん、わかってる。何かあっても、俺がリリヤを守るから安心して!!」

「おば様、緊急の場合は、教えてもらった狼煙《のろし》をあげますね」

「お願いね」

『私を守る』。そうだわ。村の人たちも私が夢の話をした途端、『リリヤちゃん、必ず守ってあげるから無茶はだめだよ』と言ったわ。まるで自分の命より、私の命を優先しているかのような言い方だった。

「お母さん……行ってくるね」

私たちは外に出て、丘を目指す。山とは正反対の方向だから、高台から見ることで、何らかの変化に気づくことができるかもしれない。

サナトとアイリの表情は真剣そのもの。まるで魔物の襲撃が必ず来ることを知っているかのようだわ。

「リリヤ、何が起きても動じるなよ」

「誰かが傷ついたとしても、殺されたとしても、怒っちゃだめだよ」

「え……うん」

まるで、スキル『鬼神変化』を知っているかのような言い方だわ。そういえば、村のみんなから似たような忠告をいつも受けていたような……痛っ!! もう少しで何かが思い出せそうなのに、考えると頭が痛む。

「おかしい、山が静かすぎる……鳥たちの鳴き声もしない」

サナトが怪訝《けげん》な顔で山を見つめている。

確かに昨日までいた鳥たちが一羽も飛んでいないし、山も静かだわ。

これって、まさか魔物大発生の前兆？ 瘴気溜《だ》まりの発生場所次第で、前兆も異なってくるけど、今のところ川の流れもいつも通りなのよね。

「サナト、今日の夜明けから、村の大人たちが山に入って、魔物大発生の予兆が起きていないか、ずっと確認しているんだよね？」

アイリの質問に私は驚く。監視するだけじゃなく、既に山の中に入っているの!? 行動を起こすのが早くない!? でも、サナトの返答にも驚かされる。

「ああ、俺の父さんも元Aランク冒険者だから参加してる」

え!?　……いや、そう言えば、そんな話を昔聞いた気がする。

私の言葉がキッカケとなって、村全体が厳戒態勢を敷いている。私は『未来視』や『予知夢』といったスキルを持っていないのに、なぜここまで信用してくれるの？　それが、昨日からずっと頭に引っかかっているわ。深く考えれば考えるほど、身体が震え、頭痛も酷くなる。

――カーーン！　カーーン！　カーーン！　カーーン！　カーーン！

「「「警鐘!?」」」

そうだ、村の見張り台から鳴らされる警鐘には、意味がある。

旅人が訪れた場合は一回、その旅人が不穏な雰囲気《ふんいき》を持つ人物たちなら二回。村人たちはこの二回目から警戒心を持つようになる。そして、それが盗賊であった場合は三回、魔物なら四回鳴らされ、『今すぐ迎撃態勢をとれ』という緊急度の高いものは五回鳴らされる。

さっきから警鐘が一定のリズムで五回鳴っている。この丘近辺に、魔物は一体もいないし、村もまだ静かだから、大量の魔物が山の中に潜んでいるのを見つけたんだわ!!

「大変、早く戻らないと!!」

「駄目だ!!」

「駄目!!」

サナトとアイリから告げられた言葉に、私は驚く。今行かないと、みんなが死んじゃうのよ？

「どうして!?　私たちも戦わないと!!」

「行くな。俺たちが行っても足手まといになるだけだ」

「そうだよ。魔物大発生なら、なおさら村に戻ったら駄目」

足手まとい……その通りかもしれない。今の私は、スキルや魔法を封印されているから、物理攻撃でしか魔物にダメージを与えられない。ホワイトメタル製の武器や防具もない状態で戻っても、殺されに行くようなものだわ。でも……だからと言って……ここからみんなの戦いを眺めているだけって……そんなの嫌よ!!

「私だって、少しくらい戦えるわ!! サナトやアイリだって、訓練を受けていたじゃない!! せめて年下の子たちを避難させないと!!」

私が抗議した瞬間、二人の目が鋭くなり、冷たく光る。

「「また、みんなを殺すの?」」

「え……」

急に表情が変わったせいか、二人に恐怖を感じてしまう。『また、みんなを殺す?』。それって……痛!? まただ、『みんなを殺す』。多分、私はみんなを殺しているかもしれない。まだ、記憶を完全に取り戻したわけじゃない。でも、私が白狐童子として暴走している以上、必ず誰かを……知り合いをたくさん殺している。

トキワさんからも、覚悟するよう言われていた。

逃げちゃだめ……逃げちゃだめ……自分の犯した悲劇から逃げちゃだめ!!

もう、そんな悲劇を繰り返したくない!!

まだ、スキル『鬼神変化』を完全に使いこなせていないけど、白狐童子とも会話ができるようになった。チャージウッドの試練において、人格が統一されていない状態で、私たちは暴走せずに変化時間を十分前後保てるようにもなった!!

シャーロットによると、この現象は神ガーランド様の作り上げたシステムから完全に逸脱《いつだつ》しているらしい。現状彼女のスキル『構造解析』であっても、私の暴走条件はわからないとも言っていた。かなり怖く感じたものの、それって言い換えれば、神様も驚くくらいのことを、私と白狐童子が成し遂げているということ!!

今の私なら、白狐童子と協力することで魔物たちと戦える!!

白狐童子が表に出ている間、私が暴走しないよう、しっかりと心を制御すればいい!!

『ほう、言うようになったな。リリヤよ、神ガーランドの封印を打ち破るぞ。今の私たちはシステム外の存在と言っていいだろう』

『うん、絶対「鬼神変化」できる!!』

『その通りだ、やるぞ?』

『うん』

『「鬼神変化!!」』

もう、あのときの悲劇を繰り返さない!!

「よし、成功だな」

髪は白く、服装もシャーロット様からいただいたホワイトメタル製の簡易着物に変化しているし、九本の尻尾も生えている。

目の前にいる二人の子供、サナトとアイリ。本来であれば、私――白狐童子はこの二人を知らない。なぜなら、私の自我が完全に目覚めたのは、この村が壊滅した後なのだから。

「あ……あ……なんで」

「そ……そんな、変身しちゃった」

二人とも、絶望に満ちた顔をしている。かなり抑えているとはいえ、私の魔力を目の前で見ているのだから無理もない。というか、この二人の言動から察するに、やはり私の存在を知っているな。

「案ずるな。私もリリヤも暴走などしておらん。三年前は暴走して、大勢の魔物や村人を殺したが、今回はその逆だ。今から、村人たちを救いに行くぞ」

ここが仮想現実の世界で、時間の流れも遅くなっているのなら、おそらく十分どころか一時間以上変身を保てるはずだ。私の言葉を理解できたのか、二人の顔色が少しずつよくなっていく……が、それと同時に驚愕《きょうがく》へと包まれていく。

「ぼうっとするな!!　サナト、アイリ、行くぞ!!」

私は二人の速度に合わせて、村へと走る。

理由は不明だが、村人たちはリリヤの裏人格である私の存在を知っている。だからこそ、リリヤの見た夢を信じ、その日のうちに魔物襲撃に備えるよう動いた。

この試練、三年前のロッカク村で起きた事件を再現しているのなら、村人たちの設定も当時の情報に基づいているはずだ。

そうなると、村人たちはどうやって私の存在を知った？　リリヤの記憶が不完全なせいもあって、私も事件前の村人たちの情報を掴めん。

二人は少し後方から私を見ているようだが、その目から恐怖を感じ取れる。妙だ。私の存在を理解しているはずなのに、魔力が外へ漏れないよう極力抑えているのに、なぜそこまで怯《おび》える必要がある。

「おい、何をそんなに怯《おび》えている？」

「あなたは……何も覚えていないの？」

アイリが、妙なことを尋ねてくる。

『何も覚えていないの』だと？

この二人にとって私は初見のはず。まるで一度は会っているかのような言い方をする。

「お前たち、まさかとは思うが、殺されるまでの記憶を持っているのか？」

二人はビクッと身体を震わせ、私から距離をとる。

「なるほどな。その尋常《じんじょう》ではない怯《おび》え方、暴走した私がサナトとアイリを殺したのか？」

何も語ろうとしないが、二人の怯《おび》える態度が肯定しているようなものだな。

生き残りが私しかいない以上、私自らも村人を大勢殺していると理解しているが、その状況を全く覚えていない。

……そうか、私は幼馴染《おさななじみ》二人をこの手で殺してしまっていたのか。

私とリリヤの心の中には、鎖によって雁字搦《がんじがら》めに封印された扉がいくつかある。シャーロット様とアッシュに出会うまでは、扉が開かれることは決してなかった。だが、リリヤが自我を強く持ちはじめたことで、扉が開いていき、残すは一つとなっている。

その扉だけが強固に封印されており、これまで開く素振りも見せなかったのに、ここに来てから、封印もかなり弱まっている。

おそらく、リリヤにとって最も知りたくない記憶が眠っていると睨《にら》んでいるが、予想通りだったか。

「お……俺たちのことは、どうでもいいだろ!!　白狐童子、本当に村を救ってくれるのか？」

「ああ、救う……救ってみせるさ。私たちはこの三年で、様々な経験をしてきた。そのおかげで、スキル『鬼神変化』をかなり制御できるようになった。この力の暴走により村を滅ぼしてしまったのだから、今こそこの力を制御することで村を救う!!　誰も死なせん!!　それが、私なりの罪滅ぼしだ」

死んでしまった者たちは、もう生き返らない。ここが仮想現実の世界で、仮に村人全員があの事件の記憶を持っていたとしても、私のやることはただ一つ!!

『魔物大発生からロッカク村を守る!!』

これが大霊樹の試練とか、この際どうでもいい。私は妖魔族『玉藻御前《たまもごぜん》』の血を受け継ぎし者、そんな私が生まれた直後に自我を失い、力を暴走させたことで、生まれ故郷を壊滅させてしまったのだ。おまけに、当時の記憶が封印されていて、私自身全く覚えていない。

こんなことが、あってたまるか!!

全てを解決して、記憶の封印を解き放つ!!

私とリリヤはその記憶と向き合い、乗り越えていく!!

これを達成することで、真の罪滅ぼしとなるのだ!!

14話　辛《つら》い記憶を乗り越えろ

私たちが村へ到着すると、武装した村人たちが私の姿を見て驚愕《きょうがく》したものの、スキルを制御できていると理解したのか、若干怯《おび》えつつも近寄ってくる。

「みんな、白狐童子は暴走していないし、リリヤともお話ができるんだって!!　だから、今回は私たちの味方よ!!」

「本当なんだ。こいつは記憶を取り戻したわけじゃないけど、ちゃんと自分の罪を受け止めているんだ!! 今回は俺たちの味方だから、戦闘に参加させてほしい」

アイリ、サナト……私を味方として認めてくれるのか？

それに、『今回は』……か。

現実世界では、ここにいる大勢の人々を、私は殺してしまった。いまだに、暴走したときの記憶だけはないままだが、いい加減あの強固な扉の封印を打ち破らないとまずいな。

『白狐童子、それは表の人格である私の役目よ。この試練が終わるまでに、自分の弱い心に打ち勝つから、あなたも頑張《がんば》って!!』

『ふ、了解だ。あの無気力な頃とは大違いだな……お前は強くなったよ。だが、気をつけろよ。私たちは村人を殺しただけじゃなく、もう一つ重大な何かを忘れている』

『うん、それは私もわかってる。どんな真実が隠されていようとも、私は絶対に目を背けない!!』

いい覇気《はき》だ、私も負けていられない。

どうやら、山で撃ち漏らした魔物が村内に入ってきたようだな。手遅れにならないうちに、今行動しておくか。

「私は白狐童子、リリヤの裏人格に値するものだ。三年前、私は暴走してしまい、お前たちを殺した。……すまなかった!!」

私は覚悟を決めて、深々と頭を下げる。

今更、どんな謝罪をしようとも、絶対に許されない。

この行為をただの自己満足と思う者もいるだろうが、この試練が終われば、ここにいる者たちとは今後二度と会えなくなる。何も行動を起こさなければ、私たちは一生悔いることになる。

「これだけでは、本当に反省しているのかわからないだろう。だから、私たちがこの三年でどれほど成長しているかを見てほしい。今から私は魔物大発生の主と、その近辺にいる腹心どもを駆逐《くちく》してくる!! あなたたちは、そこから漏れる部下どもを始末してほしい」

今の私の制御力なら、『鬼神変化』の力を存分に扱えるし、広範囲攻撃も可能だ。しかし、スキルと魔法が封印されている以上、それもできない。仮に使用可能であっても、魔物だけでなく村も破壊してしまう。今の自分の力を正当に評価してもらうのなら、下手な小細工は無用、正々堂々と敵にぶつかるのみ!!

「そこのオークロード、邪魔だ!!」

私が手刀で、家と家の間に隠れていたCランクのオークロードを頭から両断する。村人たちは目を見開き、戸惑《とまど》いと若干の怯《おび》えを持ちつつ私を見る。だが、そこにリリヤ——私の両親が代表して前へ出てくる。

「白狐童子、俺が誰か理解しているか?」

私の自我が完全に目覚めたのは、あの事件の後だ。

だから、私自身がこうして両親と話すのは初めてだな。

「無論だ。リリヤの父でもあり、私の……父でもある。そして、隣にいる女性が、私の……母だ。心の内側から、ずっとあなたたちを見ていた気がする。こうして出会い、挨拶《あいさつ》するのは初めて……か……その……父上……母上……手遅れなのは重々承知の上だが、あのときは暴走してすまなかった」

両親との初めての会話、胸がドキドキする……これが緊張というものか。

「君の口から、その言葉を聞けてよかった。さあ、もう時間も残り少ない。罪滅ぼしをするのだろう？　行ってこい。俺は、娘たちを信じる!!」

父は、ロッカク村そのものを滅ぼした私のことを信じてくれるのか？　あのときの記憶を保持しているのなら、私やリリヤを恨《うら》んでいてもおかしくないはず……なぜ信じてくれる？

「白狐童子、今のあなたの充実し、制御された力を見れば、あなたたちがどれほどの訓練を積んできたのかわかります。山の中に入り、魔物大発生の主人となる者を討伐してきなさい。私たちに、成長したあなたとリリヤの力を見せてちょうだい」

父だけでなく、母も私を信じてくれるのか!?

サナトやアイリだけでなく、他の村人たちも、私に激励の声を送っているだと!?

気になる疑問がいくつもあるが、全て片づいたときに両親から理由を聞こう。

父は、残り時間が少ないとも言っていた。

それならば、初手から全力で行く!!

○○○

白狐童子が動いた。

初めから全力で行くつもりなのね。

チャージウッド戦では、全力とはいえ漕《こ》いでいただけだったから、戦闘での協力関係は今回が初めてかもしれない。

彼女が戦っている間、私――リリヤは自分の心の内にあるこの強固に封印された最後の扉を砕くわ。

そう、今の私には、扉が具現化して目の前に立ちはだかっている。これも、白狐童子に表の人格を任せた影響ね。

「この扉さえ砕けば、私は失った記憶を全て取り戻せる」

これは、封印された記憶の中でも最も強固な扉。見たところ材質は青白い氷だけど、尋常《じんじょう》ではない厚さだわ。それに扉の周辺には千切れた鎖が何本も落ちており、肝心の扉のドアノブには一本の鎖だけが巻かれている。私の心が強くなったおかげで、残す封印もあと一本ということね。

「痛!?」

私がドアノブに触れると、寒気と電気が身体全体に走る。この手を離したらダメ。それだけで心が弱いとみなされ、封印がより強固になるかもしれない。扉の奥には、私の一番知りたくない真実が隠されている。私の中で引っかかるキーワードは――


『夢』

『村人たちがその内容を容易に信じたこと』

『村人たちが白狐童子の存在をあの時点から知っていること』

これまでに蘇《よみがえ》った記憶のおかげで、私の中で答えが既に出ている。でも、それを認めたくない自分がいるから、最後の封印が解かれていない。

「逃げちゃダメ!! この戦いが終われば、別れのときが来る!! みんなに認めてもらうには、全てを受け入れるしかないのよ!!」

もう答えが出ているのなら、それを受け入れるしかない。

弱い自分は、もう嫌だ!! みんなに認めてもらえるくらい強い自分になるのよ!!

私は一人じゃない!!

身体の震えが何だっていうのよ!!

こんな封印は、もういらない!!

「私は……もう逃げない!!」

ドアノブに巻かれている鎖に、少しずつ亀裂が入っていき、やがて鎖が千切れ、分厚い扉が開いた。私が勇気を持って、その中に入ると、事件前の光景が映し出されていく。

「思い出した……思い出したわ!! やっぱり、そうだったんだ。白狐童子が直接的に村人や魔物の多くを殺しているけど、これは私の選択ミスで引き起こしたことなんだわ!! あのとき、私がお父さんとお母さんに全てを打ち明けていれば、違った未来があったのに!! 弱い自分が情けないよ!!」

私は、思いの丈《たけ》を存分に叫《さけ》ぶ。今更ながら、あのときの自分の行動を悔いる。


ロッカク村壊滅事件の二日前、私は怖い夢を見た。

『魔物が突然山から溢《あふ》れ出てきて村を襲撃し、人々を襲う。そこには私の両親も含まれており、両親が目の前で殺されたことで、私の意識から白狐童子が目覚め、魔物と村を壊滅させる』

今思えば、あれは『予知夢』だったんだ。たとえ、スキル『未来視』や『予知夢』がなくとも、人は稀《まれ》にそういった夢を見ると、トキワさんが言っていたわ。そして、こうも言っていた。

『強者が見る夢の中でも、それが自分の現実に近ければ近いほど、正夢になりやすい。もし、君がそう言った夢を見た場合、必ず誰かに告げろ。さもないと、とんでもないミスを犯すことになるぞ』

そう言われた時点で、私はどこか違和感があったけど、その意味がわかったわ。

私はあの夢を見た後、怖さが勝ってしまい、誰にも告げなかった。あまりに現実感のある悪夢を誰かに告げてしまうと、それが真実になるんじゃないかと思ったからだ。でも、その行為が裏目に出たのよ。

村人たちが白狐童子の存在を知っている理由もわかったわ。それは、生前の記憶を保持しているからだけじゃない。村長が魔法『真贋』を所持していて、魔力波の扱いにもかなり長《た》けているから、多くの村人たちのステータスのかなり深い場所まで覗《のぞ》けるのよ。おかげで、私の裏人格『白狐童子』とスキル『鬼神変化』の制御方法も少しだけわかっていて、私に小さい頃から感情制御のトレーニングを受けさせてきたんだ。

私の潜在能力があまりにも高いから、自分に何か変化が起きている場合は、すぐにでも両親に告げるようにとも、よく言われたわ。

それに、ロッカク村は山の麓《ふもと》にあるから、観光客もいなければ冒険者だっていない。だから、みんなは働きながら訓練をしていることもあって強かったはずだ。

でも、魔物大発生の犯人が、魔法に長《た》けたAランクのネクロマンサーで、全ての魔物の持つ気配と魔力を隠蔽《いんぺい》したために、全員の対処が遅れたんだ。

リザードフライやオークといった魔物たちを倒しても倒しても復活するから、みんなが疲労を蓄積させて、集中力を乱していく。

両親はその隙《すき》を突かれて、オークロードに殺された。私は、それを目の前で目撃して、白狐童子が覚醒した。

私があの夢を両親に明かしていれば、あんな凄惨《せいさん》な結果にならなかったのに!!

勇気を出して言えば、違った未来を迎えていたはずなのに!!

「だから……今回みんなは、私の言ったことをすぐに信用してくれたんだ。昔の私、最低だ……村の人たちから色々と忠告を受けていたのに、私はそれを活かせなかった。そのせいで、みんなが死んでしまった。気づくの遅すぎだよ」

みんな、ごめんね、ごめんね。

『リリヤ、こっちの方は全て片づいたぞ。お前とともに、シャーロット様や、その従魔でもあるドールマクスウェルやデッドスクリームという存在とその強さをこの目で見てきたのだ。今の私にとって、ネクロマンサーを討伐することなぞ造作もないわ』

私が外の世界を覗《のぞ》くと、事件は既に終結しており、白狐童子は大勢の村人たちに囲まれ、お礼を言われている。サナトとアイリ、両親もそこにいて、みんなが喜んでいることから察するに、誰も死んでいないんだわ。村への被害も軽微のようだし、試練は間違いなく突破している。

あのときの凄惨《せいさん》な光景と、全く真逆なことが起きている。もし、私が夢を告げていれば、こういった光景が待っていたのかもしれない。

『それは違うぞ、リリヤ。あの時点で、私の自我はまだ目覚めていなかった。仮に夢を告げたとしても、相手がAランクのネクロマンサーである以上、大勢の死者が出ただろうし、村自体もかなりの損害を出していただろう』

そうか、今の力があるからこそ、最高の結果をもたらすことができたんだ。

『私たちの予想通りの記憶だったけど、やっぱり辛《つら》いね』

『ああ、辛《つら》い。私の方にも流れてきた……どうする、交代するか？』

『お願い。いつ試練が終了するのかわからないから、私の口から告げたいの』

『わかった』

周囲が暗くなっていき、気づけば私の目の前に、両親たちがいる。白狐童子と入れ替わったんだ。

私が謝罪を口にしようとする前に、お父さんが語り出す。

「リリヤ、見せてもらったぞ。十三歳という年齢で、スキル『鬼神変化』をよくここまで使いこなせるようになった。白狐童子は暴走することなく、あの大群をたった一人で倒す存在にまでのぼりつめた。父として、これほど嬉しいことはない」

やっぱり全員があのときの記憶を保持していて、あれから三年経過していることもわかっているんだ。

「リリヤ、今だから白状するけど、私たち全員は村の中で殺されてから、ずっと浮遊霊として村の中を彷徨《さまよ》っていたのよ」

「え、どういうこと!?」

お母さんから突然言われたことに、私は衝撃を受ける。やっぱり、自分の娘が多くの村人たちを殺したことに恨《うら》みを持っていたのかな？　あれ、それならその恨《うら》みで魔物化しているはずでは？

「みんな、あなたの将来が不安で成仏《じょうぶつ》できなかったのよ。私たちは浮遊霊で村から出られない。だから、リリヤが成長してこの村を訪れる日が来るまで、ずっと待っていようと思ったの。そして今から三日前、突然ある人の声が村人全員に聞こえてきたのよ。声の主は、なんと神ガーランド様だったの」

「ええ⁉」

どうして、ガーランド様が普通の村人に声をかけるの？

「ガーランド様は、事件前と事件後に起きたあなたの道程を教えてくれたわ。聖女のシャーロットちゃん、恋人のアッシュくん、同じスキルを持つ英雄トキワ・ミカイツ、あなたは多くの人々と出会い、成長していったのね」

え〜〜〜アッシュのことも知っているの〜〜〜‼

「あなたは、ガーランド様の敵と言える存在を捕縛《ほばく》するため、多大な貢献をした。だから、神はそのお礼として、あなたの抱えるトラウマを払拭《ふっしょく》するチャンスを試練として用意したのよ。私たちはその試練のために、一時的に身体を持たせてもらったの」

そ、そうだったのか。

みんなが、私の成長に満足してくれている。ただ、それでも私の犯した罪は消えない。

「お父さん、お母さん、みんな……ごめんなさい。事件前、私は悪夢を見ていたの。あのとき、怖がらずきちんと告げていれば、違った未来が待っていたかもしれないのに」

私が謝罪を口にしても、みんなの顔から笑みが消えない。

「リリヤ、気にするな。俺も母さんも村のみんなも、お前を恨《うら》んでなどいない。むしろ、リリヤがここまで成長していることに驚いているくらいだ。それに、全ての記憶を思い出したということは、過去の自分と向き合った証拠だ。過去は、もう変えられない。今後、二度とその過《あやま》ちを犯さないよう、前へ進め。それが俺たちの総意だ」

みんなが父の言ったことに頷《うなず》いている。私は、涙を止められそうになかった。

私に殺されたサナトやアイリ、他の人々も私に笑顔を向けてくれている。

その思いを無駄にしたくない。

全ての記憶を思い出した今だからこそ、前へ進まなきゃいけない。

「みんな、ありがとう。私は、前へ進むね。もっと強くなって、みんなから頼られる存在になってみせるわ!!　もう少ししたら、シャーロットの問題が片づくから、それが終わったらアッシュと一緒にロッカク村へ戻ってくる!!　そこで、みんなをきちんと弔《とむら》うからね」

「ああ、ロッカク村で待っているぞ。リリヤの恋人のアッシュ君か、あの子ならお前を大切にしてくれるだろう。だからといって、すぐに結婚は許さんからな」

どうして、そんな爆弾発言をここで投下するかな!?

「もうお父さん!!　私たちは十三歳よ!!　結婚するにしても、せめて成人してからよ!!」

お父さんの発言に、みんなが笑い合う。

ああ、この時間がもっと続けばいいのに。

『試練終了、リリヤは「合格」です。今から三分後に、元の世界へ戻します』

もう……お別れの時間なの？

もっと話していたいよ。

浮遊霊だから、私が故郷へ到着する頃には全員成仏《じょうぶつ》しているかもしれない。

「心配するな。全員が村で、リリヤの帰還を待っている。ガーランド様も、それまで我々の成仏《じょうぶつ》を待ってくれるそうだ」

ガーランド様、そんなことまでしてくれるの!!　地上への干渉にならないのかな？

ユアラの件にしても、私はあの悪神に気絶させられてほとんど役に立ってないのに。

ガーランド様、ありがとうございます。

「必ず行く!!　だから、みんな……待っててね」

私は歓喜の涙を流しながら、みんなに笑顔を見せる。

村人全員に手を振り、景色が少しずつ暗転していく。

シャーロット、アッシュ、トキワさん、私は試練に合格したよ。

みんなも頑張《がんば》ってね。

私……信じてるからね!!

15話　シャーロットの試練

試練が始まった。

ここは、間違いなく故郷エルディア王国の王都だ。

今いる場所は、従魔発着場と言えばいいのかな？

回復魔法に関わる重大な情報を学会で発表すべく、私はお父様やお母様とともに、お父様の従魔ライダードラゴンに乗って、ここを訪れたことがある。

「ここが出発点か」

試練の内容は、六時間以内に姿を変えたイザベルを見つけ出し、彼女に私の存在を知覚させること。でも、今の私は幽体で誰にも視認できないし、スキルや魔法も封印されている。この状態で、どうやって知覚させろというの？　試しに、そこにいる警備の騎士に触れてみよう。

「あ、すり抜けた」

私の右手が彼の胴をすり抜ける。彼に声をかけても、完全に無視されてしまう。どうやら、今の私は本当に幽霊と同じ存在のようだ。

私の視界の左上に、試練の残り時間が『五時間五十七分三十四秒』と表示されている。この地点からイザベルを捜し出し知覚させるのだから、あまり余裕もない。

まあ、今の彼女は『聖女代理』としてガーランド様を神と崇める教会本部内で働いているはずだから、まずはそこまで歩こう。

馬車での移動中に周囲を観察してわかったけど、ところどころ有名店の広告や王城や教会の標識が設置されていて、そこから教会への距離も記載されているから、迷わず行けると思う。

「まさか、こんな形で故郷に戻ってこられるとはね」

お父様やお母様、お兄様やマリル、みんなに会いたい。でも、そんなことをしていたらあっという間に六時間経過してしまう。会いたい衝動を我慢して、イザベルに会いに行こう。というか、今の彼女の名前に関しては、ガーランド様からも聞いてない。

教会に向かいつつ、情報収集をしよう。まずは、商店街エリアへ行こう。

「おお……ハーモニック大陸の各国で見た王都の賑《にぎ》やかさと似ている」

一度、この光景を拝見しているとはいえ、約半年ぶりに見ると、凄《すご》く感慨深いね。さすがにハーモニック大陸と違い、半分以上を人間族が占めていて、そこに少数の獣人やドワーフ、エルフたちがいる。

あれ？　あのエルフの女性が着ている青白い服。今までに見たことのない上品さを感じるし、なによりも女性の容姿と見事に調和している。装備している武器も服にマッチしたレイピアだから、抜群の注目度だ。

装備からして冒険者のようだけど、あんな服だけで魔物と戦えるのだろうか？　周囲の人たちも、彼女ばかりを見ている。

ああ、こういうときに、スキル『構造解析』を使いたい!!　さっきの標識だと、あの女性の進行方向に教会本部もあるから、ちょっとついて行ってみよう。

彼女がとあるお店の中に入っていった。

店名は『リサイクル商会王都店』となっている。

あ、『近日中にオープン』って貼り紙が貼ってある。そうか、新規のお店なんだ。でも、新規店をオープンするのに、普通近日中って曖昧《あいまい》な表現をするかな？　お客さんにいつ開店するのか知ってもらうために、正確な日程を書くものでは？

「店の外観も綺麗《きれい》で、内装も優雅さを感じるし、置かれている商品のほとんどが婦人服でデザインもいいわ」

私も店内に入ると、先程のエルフの女性と、店長らしき三十歳くらいの人間族の女性が話し合っている。

「店長、この服の注目度は素晴らしいですわ。みんなが、私を見てくれますもの!!」

「ふふふ、当然よ。エルバラン公爵とマクレン伯爵が共同発表した『ミスリル繊維《せんい》製』だもの。その服こそが当店の最高級品。モデル料として進呈するのだから、どんどん宣伝してもらうわよ」

なんですって!?

「任せてください!!　これはミスリル製で防御力も折り紙付き。どんどん宣伝してきます!!」

私が開発したミスリル加工の技術を、この半年間で確立して、店まで開店することになったの!?

展開が早すぎるよ!!

気になるから他の婦人服を見ていき、タグについている材質を確認すると、『シルク』『ルナティックシルク』『シルクコットン』などと記載されていて、さらにもう一つマークがついている。店の壁にそのマークの意味が書かれていたのだけど、私はそれを見て驚いた。

全ての材質が、廃棄品である屑《くず》からできていた。私のミスリルの屑《くず》からの再生をヒントに、色んな屑《くず》を買い取って再生し、服へと仕立て上げたんだ。

魔力を通して材質の形状を変化させる技法。あれはミスリルだけじゃなく、他のものにも応用できたのか。

商品自体のデザインも洗練されていて、平民用と貴族用の差も明確に表れている。とても屑《くず》でできているとは思えない。

この分だと、服飾品だけでなく、宝石関係にも手を広げている気がする。

お父様とマクレン伯爵、凄《すご》いな。

友達のリーラも、デザインに関わっているのかな？

まさか、イザベルの情報を知る前に、自分の家の近況を知ることになるとはね。

おっと、ここで時間をかけるわけにはいかないから、目的地に進もう。

う〜ん、あれから色々な店を見て回っているものの、聖女代理の情報が全く得られない。その代わりに、私の実家の情報ばかりがどんどん入ってくる。

あの店で調査した通り、お父様とマクレン伯爵が開発した新たな用語『リサイクルシステム』はかなり好評らしく、王都を中心に、その成果がどんどん周辺に広がっている。

その情報が周辺諸国に伝わるのも、時間の問題のようだ。

しかも、この原理と言葉を考えたのは聖女シャーロットと発表しているせいで、私の存在は既にアストレカ大陸中に広まっている。

そのため、私は完全に聖女としてみんなから認識されている。称号『聖女』を所持していない聖女って、どうなの？

それに今の私の場合、聖女すら軽く凌駕《りょうが》する存在になっているんだよね。もし帰還したら、家族には言わないといけない。

また、お父様たちとミスリルの屑《くず》について話し合っているときに、つい『リサイクル』という言葉を発してしまったんだけど、それをそのまま商会の名称にするとは思わなかった。

結局、この情報収集だけで一時間もロスしてしまった。でも、ある意味有意義な時間だったよ。

ここからは直接教会を目指して、聖女代理となったイザベルに会いに行った方が早いね。

○○○

「教会へ到着したのはいいものの、近日中に何か大きなイベントでもあるのかな？」

みんなが忙しなく動き、何かの準備を進めている。全員がイベント内容に関して何も言わないから、なんのお祭りなのか全くわからない。私の知る限り、この時期の王都では、お祭りなんてなかったはずだ。

とにかく、今はイザベルを捜そう。幽体だから、建物も素通りできるし、無断で悪いけど侵入させてもらいます。

「へえ〜、ここが教会本部か〜。五歳の祝福のときに、ここから少し離れた教会と隣接している宿舎へは行っていても、この施設に入るのは初めてだね。さて、イザベルはどこかな〜」

外観がヨーロッパ風なだけあって、内装もやはり地球の様式に近いね。その辺にいる神官たちの話を盗み聞きしたとしても、いつ聖女代理の話になるのかわからないから、直接彼女の部屋を訪れればいいよね。ここは入口だから案内図があるはず……あ、あった、あれだ!! 枢機卿や教皇様のお部屋は四階にあるのか」

「ふむふむ、聖女と聖女代理の部屋は隣接しているのね。場所は三階。枢機卿や教皇様のお部屋は四階にあるのか」

ヘンデル枢機卿とは私もお会いしたことがある。でも、教皇様とは会ったことがない。ガーランド教のトップで、その支部がアストレカ大陸中にあるのだから、相当な権力を持っているはず。この国の中枢にも、大きく関わっているよね。ま、今はどうでもいいか。

三階に到達し、目的の部屋へと辿《たど》り着く。

聖女代理の部屋の扉には、『聖女代理フレヤ・トワイライト』というプレートが貼られている。

その下のボード欄には、『在室中』という表示の横に、淡い赤色の小さな鳥さんの形をした磁石が貼られている。

　思ったよりあっさりここまで来られたわね。

「フレヤ・トワイライト、それが今の名前なんだね。在室中か、ちょうどいい」

私は扉を無視して、無断侵入する。

「イザベル、久しぶり～～～。シャーロット・エルバラン、一時帰還したよ～～～」

堂々と言い放つも、サクッと無視される。

ま、存在を認識されていないのだから、当然の反応だ。

フレヤは黙々とデスクワークをしていて、時折隣に置かれている本を見ながら、書類に文字を書き込んでいる。イザベルの顔つきは少しきつい印象があったけど、フレヤは素朴な感じの優しげな女の子で、少しウェーブがかった茶髪とあいまって、どこか儚《はかな》げな印象を受ける。真剣に書類を作成しているみたい。何を書いているのかな？

「え～と、『業務報告書』？　日付は昨日のものか」

　机に置かれている他の書類には、専門用語が記載されているから、辞書を見ながらそれらの意味を確認し、業務報告書を書いているわけか。

　私もフレヤも転生者だから、年の割にはこういった書類作成は慣れているとはいえ、普通八歳児にやらせるものじゃないんじゃ？　教会の連中も、そこを理解しているのだろうか？

フレヤ自身が優秀だから、わかっていてこういった業務をやらせているのかな。

「ふ〜、やっと一件目の報告書が完成したわ」

あ、一区切りついたのか、手を止めて背伸びしている。さっきの報告書を読んだ限り、ところどころ語尾に違和感があったものの、かなりいい出来だと思う。

「もう半年くらいになるのか。『聖女代理』としての業務もかなり慣れてきたけど、昔の私がどれだけ怠慢《たいまん》だったのか、神官様たちの機嫌ですぐにわかる。最低な女だな〜。『人の振り見て我が振り直す』ということわざがあったよね。でも、まさか『昔の自分の振り見て我が振り直せ』日々が来るとは思わなかった。シャーロット、今頃どうしているのかな？」

フレヤが窓を開け、青空を眺める。その目からは、あのときの狂気が完全に消え失せている。私が巴《ともえ》投げで吹っ飛ばしたとき、彼女は狂気に侵されながら、自分の犯した罪から逃れようと必死にもがいていた。マリルのおかげで自分を見つめ直し、罪と向き合うようになったと聞く。それは本当のようだね。

「あの〜黄昏《たそが》れている中で申し訳ないけど、私はあなたの隣にいますよ〜」

うわあ〜、やっぱりサクッと無視される。

残り時間は『三時間二十八分』。どうにかして私の存在を彼女に知覚させないといけない。でも、どうすればいいのかな？　……地球において、幽霊が自分の存在を生者に認識してほしい場合、やることといえば、アレしかないよね？

そう、『ポルターガイスト』だ。

『ラップ音』『写真に映り込む』『小さな物を動かす』『電化製品に誤作動を起こさせる』『絵画の人物を喋らせる』『他者に乗り移る』とまあ色々ある。ただ、幽霊たちはそういった行為をどうやって実行しているのだろう？　念じるだけでできるものだろうか？

「ものは試しに……ペンよ、動け!!　紙よ舞い上がれ!!」

軽く念じても、机上に置かれているペンや紙は全く動かない、微動だにしないよ……物凄《ものすご》く恥ずかしいんですけど!!

「さ〜て、二枚目の報告書を書かなきゃね」

フレヤは叫《さけ》ぶ私に気づくことなく、再びデスクワークに取りかかる。ただ、そこで変化が起こった。彼女がペンを掴もうとすると、ペン自体がすすっと動き、彼女の手が空《くう》を掴んでしまう。

「あれ？　今ペンが動いたような？　気のせいかな？」

フレヤがペンを持ち、新規の紙の束から一枚つまもうとすると、その一枚が風もないのに、スルッと天井へと舞い上がる。

「「へ？」」

舞い上がった紙が、フレヤの顔へと落ちてくる。

「ふえええ〜〜何、今の⁉　ここには私しかいないし、風だって吹いてないのに!!」

フレヤが紙を机に置き、顔を真っ青にしながら、周囲をキョロキョロと見渡す。

「まさか、これって……『ポルターガイスト』～～～!!」

やばい、よからぬ騒ぎに発展しないといいのだけど！

16話　シャーロット、フレヤと邂逅《かいこう》を果たす

まさか、ペンも紙も時間差で動くとは思わなかった。

フレヤが急に警戒心を抱き、周囲をキョロキョロと見渡す。

幸い、フレヤの声が周囲に届かなかったので、騒ぎにはなっていない。ただ、ここは教会本部。敷地外には警護の者がいるとはいえ、内部にももう少し気を配るべきだと思う。今回、それで助かったからいいけどね。

「おかしいわ、魔力も気配も感じない。もしかして、ゴーストの類《たぐい》じゃなくて、浮遊霊の仕業なの？」

魔物ゴーストは、魂が自分の持つ悪意などで穢《けが》れて魔物化したもの。浮遊霊は、そういった穢《けが》れを持たず、自分の死を理解していなかったり、死んでからもただこの世を見学していたいと望んでいるものを指す。

私自身のスキルと魔法が封印されていても、魔力自体を放出させるのは可能だ。でも、そんなことをしたらたちまち大騒ぎになるから、やっていない。

幽体の持つ思念の強さが、念力としてポルターガイストを起こせるのなら、ペンで私の正体を告げられる!! もっと強く念じれば、ペンだって持てるはずよ。

「あ、ペンと紙が!?」

念じることでものを持てるのはわかったものの、これはかなり集中しないと、維持するのは困難だ。なんとか、自分の名前だけでも書かないと!!

「え、何? グニャ〜っとしていて一部読めないけど、『シャー……ロ……ッ……ト』と書かれているのよね? 違うわ、私の名前はフレヤ・トワイライト、聖女代理よ」

違う!!

いや違わないけど、『私はシャーロット』と書いたのよ!!

肝心なところが汚なすぎて解読できないとは〜〜〜。

「シャーロット様は留守よ」

私が再挑戦すべく、もう一度ペンを握ろうとすると、ドアのノック音が聞こえてきた。どうやら来客のようだね。残り時間は三時間ほどあるから、まだ大丈夫だ。ここは焦《あせ》らずに、フレヤの側で念力の訓練をしながら、仕事を見学させてもらおう。

「はい、どうぞ」

入ってきたのは、修道服を着た四十歳くらいの男性神官。これから何か始まるのかな?

「フレヤ様、緊急のゴースト退治の仕事が入りました。場所は王都内の旧ガーデロット伯爵邸で、現在空き家となっております。イザベルの悪行で発生した怨念《おんねん》が家に集まり、一体のヘルゴーストが生まれたようです。今、冒険者たちが総出で戦っておりますが、かなり強化されているらしく、一進一退の攻防が続いているとの連絡が入りました。至急、応援に向かってください」

ヘルゴーストは、Cランク上位の魔物だ。通常の物理攻撃は効かないから、弱点となる光属性を身体か武器に付与して攻撃するか、光属性の魔法で対処しないといけない。

「わかりました。現在、マリルさんはエルバラン領にいますから、私が現地へ向かい対処しましょう!!」

どうして、そこにマリルの名が出てくるのだろう？　私がいない間に、彼女も強くなり、大きな実績を上げたのかな？　彼女がエルバラン領にいるということは、お父様とお母様もここにいないかもしれない。

「その格好のままで行かれるのですか？」

「はい、これはエルバラン公爵様から進呈されたミスリル繊維《せんい》製の聖女服です。私専用のミスリル製の短剣もありますから、ご安心を」

「それならば安心ですね。私がご案内しましょう」

フレヤの着ている服って、ミスリル繊維《せんい》製なんだ。デザインといい、質感といい、お父様とマクレン伯爵様は、私の教えた技術を第一段階までは完全にマスターしているのね。つまり、ミスリルの屑《くず》からミスリル繊維《せんい》とミスリルを再現している。

でも本当は、さらにそこからホワイトメタル製へ昇華できる。私が作ってみせたのはラルフお兄様の短剣だけど、あれを見たらやれることはわかっているはず。

だから、作ってないのは、精霊様が『ホワイトメタルを制作するな』という警告を与えているのだろう。

とすると、商売面においては、ミスリルをメインにして、今後も手を広げていくよね。

屑《くず》からミスリル繊維《せんい》への再生や、アクセサリー類への加工自体も失われた技術だから、それだけで巨万の富を築ける。エルバラン領とマクレン領の将来は安泰だね。

○○○

私はフレヤと男性神官とともに馬車に乗り、急ぎ旧ガーデロット邸へと向かう。

その道中で、フレヤは今回のヘルゴーストの性質を改めて聞き、対処方法を考える。

ゴースト退治に駆り出された冒険者は全部で七名。人間の限界値に近いくらいの強さを持っているという。ただ、一時間ぶっ続けで戦闘したあとで、膠着《こうちゃく》状態が続いており、このまま長引けば不利と考えた。そこで、一人が冒険者ギルドへ救援要請を出し、ギルドマスターは聖女代理の力が必要と判断して、教会へ出動要請を出したわけか。

「あのイベントの準備もありますし、早急に片づけましょう。光の最上級魔法『ソーラーレイ』を行使して、早期決着を目指します」

「さすが、フレヤ様です。その魔法は攻防一体ですから、冒険者たちの体力と魔力を回復させつつ、ヘルゴーストに大ダメージを与えることもできますので、早期決着も可能かと」

ヘルゴーストの詳細を聞いてからのフレヤの判断が早い。冒険者たちの力を考慮すれば、その魔法を行使するだけで早期決着が可能だと私も思う。今ここであのレアな魔法を扱えるのは、フレヤくらいだろう。

ただ気になるのは、『あのイベント』という言葉だよ。ここに来るまでにも聞いたけど、教会も動いているのなら、相当大がかりな行事が近々催されるようだ。

「フレヤ様、到着したようです。私は後方支援に回ります」

「よろしくお願いします」

私も馬車を降り、フレヤとともに旧ガーデロット邸へ走る。屋敷に到着すると、ヘルゴーストや冒険者たちが互いに睨《にら》み合っている。かなり損耗しているため、勝敗がどちらに転ぶのかわからないね。

フレヤは魔法の用意を整えたらしく、早速行使しようとしている。

光の最上級魔法『ソーラーレイ』。使用者の指定した位置を中心に広範囲に光線を飛ばす魔法で、使用者が敵と認識したものには大ダメージを与え、味方と認識したものには体力と魔力を回復させることができる。

この魔法の威力は使用者の魔力量に依存しており、指定した魔物や人の数が多ければ多いほど、敵へのダメージも味方の回復量も分散されるデメリットがある。今回の敵一体と味方七人という条件で、フレヤ（＝イザベル）が行使するのであれば、かなりのダメージと回復量になるはずだ。

確実を期するためにも、私も一肌脱ごうかな？　スキルも魔法も封印されているけど、自分の魔力を行使できないわけじゃない。だから、この私の大量の魔力で、他人の魔力で放たれた魔法を、少しくらい操作できると思うんだよね？　きっと、相手のイメージを上回れば可能なはずだ。

ふふふ、少しみんなを驚かせちゃいましょう。

私が考え事をしている間に、フレヤたちが屋敷内へと入っていく。

「聖女代理、フレヤ・トワイライトです!!」

その声が周囲に響いた瞬間、冒険者たちとヘルゴーストの視線が彼女に集まる。

「みなさん、今から光魔法『ソーラーレイ』を発動させますので、照射される光線を回避しないでくださいね」

あちゃあ〜、堂々と宣言したらダメじゃん!!

これはゴースト族という魔物を討伐する上で、絶対やってはいけないことだ。ゴースト族の中には、人の記憶を有したまま魔物化する者もいる。今回のように怨念《おんねん》の集合体ならば、使用する魔法自体を詳しく知っている可能性がある。おまけに聖女代理と告げているのだから、かなり警戒するかもしれない。

「ひ⁉」

あ、ヘルゴーストがフレヤを見て威圧してる‼

魔力量自体はフレヤの方が高いせいか、スキルとしての効果を果たしていない。でも、ヘルゴーストの姿が巨大な男性の顔で、おまけにスキンヘッドで目つきもキツいため、私から見ても凄《すご》く怖いんだよね。顔全体が揺《ゆ》れていることも怖さを倍増させており、フレヤも少し怯《おび》えている。

もう仕方ないな。

フレヤの前方に出て、ほんの一瞬だけ魔力をちょびっと解放しよう。圧倒的強者の魔力を感じたら、ヘルゴーストもたじろぐでしょう。

「――え、あれ？　一瞬、異様な魔力を感じたけど？　ヘルゴーストも怯《おび》えている？　とにかく……『ソーラーレイ』‼」

復活したフレヤが魔法を放った。出現位置は、上空五十メートル付近みたいで、そこから光線が次々と大量に降りそそぐ。ていうか、味方と敵の数に対して、光線の数が多すぎる‼　ほとんどの光線が地面に刺さっているよ。

「フレヤ、魔力操作が甘い‼」

「え……女の子の声⁉」

私は自分のイメージを強く保ち、地面に刺さった光線も含めて存在する全ての光線を無理やり操り、どんどん上空で束ねていく。そして、それを一本の槍と変えて、ヘルゴーストの真上から叩《たた》き落とす!!

槍は見事やつの脳天へ直撃し、大きな風穴を開けた。

ヘルゴーストは目を見開き、苦悶《くもん》の表情を浮かべながら、王都中に響き渡るほどの凄《すさ》まじい叫《さけ》び声を上げる。そして、徐々に形を崩していき、最後には跡形もなく消失した。

冒険者の方はといえば、ソーラーレイのおかげで体力も魔力もかなり回復したようで、自分たちの状況を確認し合っている。それが終わってから、全員が一斉にフレヤに次々と称賛の言葉を贈る。

後方支援に回ろうとしていた神官さんも呆然としていたものの、途中から我に返り、フレヤのもとへ駆けつけ、冒険者たちとともに賛辞を贈っている。

「え……いや……私の魔法なんですけど……途中から……おかしい……」

当のフレヤはかなり当惑しており、頭が今の状況に追いついていない。私のイメージがかなり上回ったらしく、完全に魔法を支配してしまった。

「あの悪女イザベルとは大違いですよ、フレヤ様!! 今回の敵はかなりの大物でしたので、さすがに手こずると思っていました。さあ、ここは冒険者方に任せて、我々は教会へ戻りましょう」

「え……でも……来たばかりなのに……」

結局、フレヤは戸惑《とまど》いながらも、冒険者たちに後を任せ、馬車に乗る。神官の男性はひと安心したのか、馭者《ぎょしゃ》と楽しく談笑しており、中にはいない。

「おかしい、絶対おかしいわ。私は確かに魔法を行使した。でも、途中から誰かに操作されたような？　それにあのとき聞こえた女の子の声……どこかで聞いたことがある」

そういえば、さっき私の声が届いたよね？

自分の思いを強く持って声に出せば、相手に聞こえるんじゃあ？

「フレヤ、聞こえる？」

「また、聞こえた‼　もしかして、教会の私の部屋にいた浮遊霊さん？」

そこで、私の名前は出てこないのね。

残り時間は……あと一時間ほどか。

ふふふ、少し驚かせようかな。

「その通りだよ。私はあなたの正体を知っているわ。だから、今の様子を確認しに来たの。あ、ここからは小声で話し合いましょう。あの子の名前も出さないようにね」

フレヤの顔色が、どんどん悪くなっていく。

「安心して、誰にも言わないから。ただ、これからはゴースト族や浮遊霊の存在に気をつけた方がいいかもね」

「それは、無理ですよ。生きている人に対しては、細心の注意を払っていますけど、さすがに幽霊に対しては……ゴーストと違って見えませんし」

「対処方法に関しては、いくつかあるよ。今後のことも考えて、精霊様に聞けばいいわ」

フレヤ、私の声を知っているんだから、そろそろ気づいてよ。

「わかりました、聞いてみます。ところで、あなたは誰なんでしょうか？」

え〜、まだ気づかないの？

「わからない？　そうそう、先に言っておくけど、私は生きているわ。少し特殊な方法で幽体になって、あなたに会いに来たの。私があなたを巴投げして追い詰めたところで、そこからまんまと騙《だま》されて、ハーモニック大陸に転移されたときは死を覚悟したわ〜」

あ、やっと正体に気づいてくれたのか、顔色がさらに青褪《あおざ》めていく。

「シャ……シャーロット……なの？」

「ピンポ〜〜ン、正解で〜〜す。あなたが聖女代理として、きちんと働いているから驚いたよ。さっきの魔法もよかった。ただ、魔力操作が甘いよ。途中から支配しちゃった」

ようやく謎が解けたのか、緊張が解《ほぐ》れ、顔色も少しずつよくなっている。私はフレヤの向かいにいるのに、やはり認識してもらえないか。

「謝って許されることじゃないのはわかってる。でも、転移させて……ごめん。マリルさんのおかげで、私も目が覚めたの」

「ガーランド様から少しだけ事情は聞いているわ。自分の罪から逃げずに、一生懸命贖罪《しょくざい》しようと懸命に頑張《がんば》っているみたいね。これからも大変だろうけど、私が帰還するまで我慢してね」

『試練が終了しました。あと一分で、元の場所へと帰還させます』

まさかの唐突すぎるアナウンス!!

しかも一分後、早くない!?

「シャーロット……あり……がとう。私、あなたが帰還するまで頑張《がんば》る。もちろん、帰還してからも、あなたの補佐として精一杯頑張《がんば》って生きていくわ」

「私にとって、あなたも大切なお友達よ。無理しちゃダメだよ」

友達と言われたせいなのか、俯《うつむ》いていた彼女はパッと顔を上げる。

「こんな……私を……友達と言ってくれるの？」

普通は許されないことなんだけど、結果として私はハーモニック大陸で、掛け替えのない出会いと経験を果たし、多くの国々を救えた。ある意味、イザベルのおかげだ。そんな彼女も罪と向き合い、必死に贖罪《しょくざい》を果たそうと頑張《がんば》っているのだから、私は彼女の心を支えてあげたい。

だから、私とフレヤは、これからも友達だ。

「もちろん!!」

友達という言葉がキーワードだったのか、彼女の目からは止めどなく涙が溢《あふ》れ出てくる。あ、やばい、時間切れだ!! 視界が、どんどん暗くなっていく!!

「あり……がとう……ありがとう……シャーロット」

「もう時間切れなの。一旦、これでお別れ。次は、帰還したときにいっぱい話そうね」

なんとか最後まで言い切った瞬間、私の意識が暗転する。

リリヤさん、アッシュさん、トキワさんは、どうなったのだろう？

17話　アッシュの試練？

ここはジストニス王国のロキナム学園正門前⁉

本当に、試練が始まってしまったのか。

どうして、僕の試練だけがまともじゃないんだ？

シャーロットの『イザベル捜索』、リリヤの『ロッカク村救出』、トキワさんの『師匠捜索』。どれも今の自分たちにとって重要なものばかりだ。

僕の場合、どう考えても、あまり意味を成さない内容だと思う。

グレンとクロエに関しては、呪いの件もあって、色々とややこしくなっていたけど、シャーロットが罰を与えた後、僕たちはきちんと和解している。

もしかして、僕自身が二人に罰を与えろと訴えているのだろうか？

たとえ試練であっても、それだけは嫌だ。

そもそも、『ハリセンだけを具現化させてツッコミを入れろ』という意味もわからない。そんなことを実行すれば、周囲の人たちのグレンやクロエへの評価を下げるかもしれない。

僕は神ガーランド様に対して、何か怒らせることをしたのか？

スキルと魔法を封印されているのに、なぜかスキル『ハリセン　Lv3』というものがステータス欄に新規に追加されている。

NEW　スキル『ハリセン　Lv3』

このスキルは、他者に対して絶妙なツッコミを入れ、周囲からそのツッコミを認められた者にのみ贈られる名誉あるもの。

ハリセンを具現化させ、相手にツッコミを入れることで、相手の身体に付与されている特殊効果を打ち消すことが可能となる。

レベル1の場合は一発叩《たた》くごとにランダムで特殊効果を一つずつ打ち消せる。レベルが上がるとともに、打ち消せる数も一つずつ増えていく。

打ち消したものはスキルによるものであろうと魔法によるものであろうと、二十四時間使用不可となる。最高レベルに到達すると、全ての効果を打ち消せる。

今回の試練に限り、グレンとクロエにのみ、効果なし。


「いや……名誉あるスキルなのか？」

僕がツッコミを入れた人って、ほとんどがシャーロットなんだけど？　つまり、神ガーランド様が僕のツッコミを認めてくれたってこと？　嬉しいような嬉しくないような複雑な気分だ……。『特殊効果』に属する属性付与の数だけでも九つあるし、補助魔法だってかなりの数がある。多分、魔法による状態異常も入るだろうから、このスキル自体はかなり有用だ。

でも、いちいちハリセンを具現化させて、相手にツッコミを入れないと効果を発揮しないのか。

「あ、そうか!!」

スキル『鬼神変化』も身体に特殊効果をもたらすから、リリヤやトキワさんが暴走した際のストッパーとして使えるぞ!! もしかして、僕たちのことを心配して授けてくれたのかな?

「けど……これを使ってグレンとクロエにツッコミを入れて、スキル『グレン落とし』を使わせろ……って、絶対無理だろ? しかも、僕の姿はみんなには見えないし、どうすればいいんだよ」

とにかく、二人を捜そう。ここがスタート地点ということは、学園内にいるかもしれない。

僕は無断で正門を通り抜けると、授業中である自分の教室へ足を運ぶ――まだ在籍していることになっているはずだ。幽体のせいか、自分の意思でドアや壁をすり抜けることが可能なんだな。この時間はアルバート先生担当の歴史の授業のようで、みんなは真剣に先生の話を聞いている。

「二人は退学になっているんだから、さすがに教室にはいないか」

休み時間中、廊下でハリセンを具現化させて、壁際に置いてみると、普通に認識され、みんなはなぜこんな場所に放置されているのか不思議がっていた。

その場でスキルを解除してハリセンを消すと、周囲の人たちはただ驚くだけで、当然ながら僕に声をかけるものは誰一人いなかった。ただ、クラスメイトたちの世間話の中で、一つの情報を得ることができた。

『グレンとクロエは冒険者として生活しており、現在のランクは「F」。王都内の雑用をしつつ、生計を立てている』というものだ。

僕は学園を離れて、冒険者ギルドに足を運ぶ。

「王都を離れてから結構経つけど、これって『料理革命』と呼んでもいいよな」

シャーロットの開発した料理――『ヤキタリネギリ』『カレーライス』『屑肉《くずにく》ステーキ』『パエリア』『剛屑丼《ごうせつどん》』『コロッケ』『唐揚げ』――色々あるけど、これらの料理のおかげで貧民街の食糧事情が大幅に改善している。

また、食材を油で揚げるという発想のおかげで、新規料理がどんどん開発され、しかも、みんながそれを宣伝し合うため、平民の商業エリアの活気が凄《すご》いことになっている。どれも安価だから、グレンとクロエだって生活しやすいはずだ。

「え……あれって、グレンとクロエじゃあ!?」

僕が露店を見ていると、二人が目の前をよぎる。気のせいかもと思いつつも、慌《あわ》ててそこへ向かったら、二人は剛屑丼《ごうせつどん》を購入しているところだった。

「シャーロット様には感謝だな」

「昼前になったら、毎回そう言うわね」

「仕方ないだろう？　俺だけじゃなく、みんな昼と夜の食事が楽しみで仕方ないんだよ。クロエだってそうだろ？」

「まあ……ね。忙しい人たちにとって、剛腎丼《ごうせつどん》は安価で美味《おい》しいし、ありがたい料理だわ。何より、すぐに食べ終えることができるもの」

この二人、以前より距離が近くなってないか？

まるで、僕とリリヤのような？

恋人関係に発展したのかな？

「グレン、これを食べたら行動に移すの？」

「ああ、あの『浮遊霊討伐依頼』なら、みんなと別行動できるし、戦闘と判断されないと思う。だから、俺でも達成できるかもしれない。既に受理してもらっているから、昼食後行動に移そう」

どうやらは二人は、冒険者ギルドの依頼を遂行中のようだ。

グレンの言う浮遊霊という存在に関しては、学園で習っている。『死を理解していない者』『理解しているが何らかの未練を残し彷徨《さまよ》う者』を指し、魔物化するほどの悪意もないけど、時折悪さを働く者もいると聞く。

悪さと言っても、浮遊霊はスキルも魔法も使えないはずだから、声で惑わしたり、ものを動かしたりする程度だ。

その依頼遂行中の、どこでツッコミを入れ、クロエを怒らせるかだ。というか、僕のやろうとしていることって、完全に嫌がらせだ。存在を認識されなくても、こちらから声を出せないだろうか？

今の僕の存在は浮遊霊に近いし、意志を強く持てば声を出せるのでは？

そうだよ‼

それができれば、簡単に突破できるぞ‼

僕はありったけの意志を込めて、目の前にいるグレンに声をかける。

「グレン、僕はアッシュだ‼　君にお願いがあるんだ‼　クロエに……」

「クロエ〜あのベンチが空いているから、あそこで食べて行動を開始しよう」

僕の声は全く届かず、二人はベンチの方へ向かっていく。

「おい〜〜〜人の話を聞け〜〜〜」

——パ〜〜〜〜〜ン！

「だ〜〜〜〜」

しまった‼　サクッと無視されたせいで、ついハリセンを具現化させて、グレンにツッコミを入れてしまった‼　いきなりハリセンで叩《たた》かれたグレンは、剛屑丼《ごうせつどん》を持ったまま地面に倒れ込む。

「グレン、大丈夫⁉　今、いきなりハリセンが出現して、すぐに消えたわよ⁉」

「あ〜〜〜、俺の貴重な昼食が〜〜」

あ、剛屑丼《ごうせつどん》が地面に落ちてしまい、もう食べられそうにない。

完全に、僕のせいだ。

「グレン、これってまさか……」

「ああ、最近世間を騒がせている浮遊霊の仕業だ!!　よくも俺の貴重な昼食を……シャーロット様の剛屑丼《ごうせつどん》を……」

いや、シャーロットは関係ないだろ？　あ、今は冒険者として生活しているのだから、二人にとって剛屑丼《ごうせつどん》一杯でもかなり貴重なはず……悪いことをしてしまった。

「グレン、あなたのすぐそばにいるわ!!　全体が白くゆら〜っとしていて、誰かもわからないけど、背丈は私たちと同じくらい、多分男よ!!」

え、僕の存在って認識されないんじゃないの!?

クロエは光属性を持っているから、浮遊霊を認識できるのか!?

げ、グレンが怒りを込めて、僕を睨《にら》んでいる!!

「グレン、誤解だ!!　剛屑丼《ごうせつどん》については謝る!!　戻ったら弁償するから!!」

「おい浮遊霊、お前だけは絶対に許さない……覚悟しろよ……クロエ、俺への『属性付与』は？」

ダメだ、僕の声が全然届いていない。

「今、終わったけど、まだギルドとの話し合いが済んでないわよ？　今の段階じゃあ、討伐部位とかもちゃんとは見えないから証拠も提出できない。どうする？」

やばい、完全に敵認定されている。でも、こっちもハリセンでツッコミを入れないといけないし、どうしたらいいんだ？　もう戦闘覚悟で、二人にツッコミを入れていくか？　あと四時間半しかないし、そんなに悠長にしていられない。

「そうだったな」

どうしたんだ？　グレンはまだ僕を睨《にら》んでいる。それなのに、怒りを必死に我慢して、決して剣を抜こうとしない。僕の方はどうする？　あの技自体は、誰にでもできるものだ。けれど、クロエの『グレン落とし』というスキルを実行させるには、クロエがグレンに対する怒りを爆発させないといけない。なのに状況は、クロエではなく、グレンを先に怒らせてしまっている。まずは、僕を追いかけてくるよう二人を煽《あお》るか？

・クロエとグレンの怒りを蓄積させる。
・クロエの怒りの矛先《ほこさき》をグレンに向ける。
・最後に、アレを行使させる。

これらを実行して、正体が僕とわかれば、確実に嫌われるよな？　でも、シャーロットを帰還させるためには、この試練を突破しないといけない。正体がバレたとしても、王都に戻ってから事情を説明し、必死に謝罪すれば、二人も許してくれるはずだ。

やるしかない……ここは心を鬼にして、ツッコミを入れるしかない!!

「ここでは……戦わない。二次被害が出るからな」

それが正しい選択なんだけど、グレン、クロエ、許してくれ!!

これは、シャーロットのためなんだ!!

「戦わないんかい!!」

——パアアーーーーン!

「ぶ!!」

僕は心を鬼にして、グレンの右ほほをハリセンでぶっ叩《たた》く。

「戦え!!」

パアアーーーーン!

「戦え!!」

パアアーーーーン!

「戦え!!」

パアアーーーーン!

「僕と戦ええ〜〜〜」

連続して交互にほほをぶっ叩《たた》いていくと、グレンが僕のハリセンを掴んだ。

「グレン!?」

クロエの方からは、仕掛ける様子がない。今は、グレンに集中しよう。

「おい、浮遊霊さんよ? 俺にはここで戦えない理由があるんだよ。場所を移動しようぜ」

こいつ、必死で怒りを制御して、僕を威圧してくる。元々短気なところがあったけど、シャーロットの『構造編集』の影響か、感情をきちんと制御できるようになっている。このままここで戦い続けると、二人の評価が下がるかもしれない。

もう十分煽《あお》っているし、ここから逃げよう!!

二人も、追いかけてくるはずだ。

僕は、人気《ひとけ》の少ない場所へと駆けていく。

「あ!!　待て〜〜〜浮遊霊〜〜〜」

「待ちなさ〜〜〜い」

くそ!!

まさかこんな展開になるなんて思わなかった。何とかクロエも怒らせて、スキル『グレン落とし』を行使させないといけない。ここから、どう行動する?

18話　悲惨《ひさん》な結末

ハリセンを消しても、クロエの『属性付与』のせいで居場所がわかるのか、僕はずっと二人……いや途中から他の冒険者も加わり、合計六人に追いかけられている。

このままだと本当に討伐されかねない。だから、僕は貧民街に入り、入り組んだ道を利用し廃屋に逃げ込むことで、なんとか撒《ま》いた。

「くそ、グレンを煽《あお》りすぎた。まさか、他の冒険者にも目をつけられるとは」

ガーランド様、僕の存在は認識されないんじゃなかったの？

みんなから認識されまくりなんだけど？

そういえば、メッセージ欄に例外もあると記載されていたような？

これが、その例外ってことなのか？

「困ったな。極力他の冒険者を巻き込まないよう、クロエを怒らせたいけど、どうしよう？」

このまま逃げ続けていたら、確実に失敗する。気配を殺して、気づかれないよう二人に近づき、隙《すき》を見てクロエにツッコミを入れるか？

「でも、その後はどうするんだ？　仮にツッコんでも、グレンじゃなく、僕に怒りを向けるだけだろ？　ぼんやりと姿は認識されても、声を出せないし、出せるのはハリセンだけ……もう、この時点で詰んでないか？」

事を起こした以上、どこかでケリをつけないと騒動も大きくなってしまう。

観念して、まずはクロエのところへ行こう。

僕が建物の外に出ると、近くで子供たちが木製ゴム鉄砲で撃ち合い遊びをやっている。あの玩具《おもちゃ》はクーデター前に、僕とリリヤが考案したものだ。魔導銃や温泉銃を子供用にアレンジできないかと思い、木製のゴム鉄砲を作ったら結構好評で、知らぬ間に子供たちがああやって遊ぶようになったんだ。僕たちがいなくても、みんな楽しく遊んでいるようでよかった。

「見つけたわよ、浮遊霊!!　グレ……」

――パアア～～～ン！

『呼ばせるか～～～』

クロエの声が後方から聞こえ、グレンを呼ぼうとしたから、反射的にハリセンで顔面を叩《たた》く。

「く……痛いわね。この……グレ」

――パアア～～～ン！

『だから、呼ばせないって!!』

「みん……」

――パアア～～～ン！

『しつこい』

「グレ……」

――パアア～～～ン！

『いい加減、わかってくれよ!!』

「グ……」

――パアア～～～ン！

『それしか言えんのかい!!』

よし!!

クロエのほほを何度もハリセンで引っ叩《ぱた》いたことで、どんどん笑みが消えていくぞ!!

『大馬鹿、クロエ。まだ、理解していない？　これは、全てグレンの仕組んだ悪戯《いたずら》。浮遊霊騒動も含めた全て……ね』

ハリセンの持ち手で地面にメッセージとして、僕の言いたいことを書いていく。

「へえ～グレンが？　目的は？」

目が完全にすわっている。そういえば、彼女が本気で怒っているところを見たことがない。違った意味合いで緊張してきたけど、ここは自分の感情を制御して、クロエの怒りを蓄積させよう。

『スキル「グレン落とし」。彼はもう一度これを体験したいんだってさ。普通に技をかけられても、あのときの快感を得られないらしく、ずっと彼は考えていたのさ。俺はグレンに雇われた浮遊霊さ』

許せ、グレン。これは、シャーロットのためなんだ。

僕がトドメの一撃として、彼女をおちょくるメッセージを地面に書こうと顔を下に向けたとき、前方からただならぬ雰囲気《ふんいき》を感じ取る。おそるおそる顔を上げると、そこには眉間《みけん》にしわを寄せ、コメカミがピクピクと動いている般若《はんにゃ》のような顔をしたグレンがいた。

「ほ～う、いい度胸じゃねえか、浮遊霊さんよ～。俺は光属性を持ってないから、普段は浮遊霊を認識できないんだよ。全ての責任を俺に被せる気だったようだが、当てが外れたな。もっともらしい内容を書けば、クロエを騙《だま》せると思っていたのか?」

やばい、どう返答すればいいだろう? 怒らせることを前提に、書いてみるか。

『ち、もう見つかったか。クロエは単純馬鹿だから、騙《だま》せると思ったのに』

「単純……馬鹿……許さない。お前だけは、許さない!!」

あ、怒りの頂点に達して、何かのスイッチが入ったようで、彼女の身体から紅い魔力が放出されている。完全に挟まれた形になっているものの、僕のステータス自体は生きているから、このままでも戦闘可能だ。武器がハリセンである以上、二人に怪我《けが》を負わせることがないとはいえ、親友二人とはできる限り戦いたくない。

後は、クロエの怒りをグレンに向けるだけでいい。

ダメもとでお願いしてみるか。

『ここまでのようだ。成仏《じょうぶつ》する前に、頼みがあるんだけど?』

声は出せなくとも、地面に書くことでコミニュケーションは可能なんだから、このまま『グレン落とし』の流れへ無理矢理持っていこう。

「ほ~う、これだけ俺たちをおっちょくった上に、頼みか。一応、聞いてやる」

グレンは怒り心頭のようだけど、左腰にある剣を抜いていない。もしかしたら、『剣を抜く』という行為が戦闘と認識されてしまい、シャーロットの編集したスキル『鈍足』が機能するんじゃないか? 浮遊霊相手だと、剣を抜く必要もないから、依頼を受けたのかもしれない。

『さっき言ったスキル「グレン落とし」。あれを俺自身がこの目で見たいんだ。二人とも、見せてくれないか？　それが叶《かな》ったら潔《いさぎよ》く成仏《じょうぶつ》するよ』

僕のメッセージを見た途端、二人は俯《うつむ》き、身体を震わせる。

「ククククク」

「ふふふふふ」

二人同時に、嫌な笑い声をあげる。

「グレン、久々にキレたわ。どんな頼みかと思ったらね～～～」

「ああ、本当だ。こいつ、それを見たいがために、世間を騒がせ、俺たちをからかっていたわけか」

ここは、素直にスキルを見せてくれ!!　頼む!!

「もう、討伐部位とかどうでもいいわ。こいつを潰《つぶ》しましょう!!　今すぐに!!」

「ああ、潰《つぶ》そう」

やっぱり、そうなるか～～～。ここまでの手順が滅茶苦茶《めちゃくちゃ》だったもんな～。

あれだけ煽《あお》りまくったら、当然こうなるに決まっている。

これなら初期の時点で、全部ハリセンで明かしておくべきだったかもしれない。でも、スキル『グレン落とし』はクロエが抱くグレンへの怒りで発動するからこそ、僕の名を明かせなかったんだ。

もう後戻りできない以上、こっちも意地になって試練を遂行してやる!!

僕に少しずつにじり寄る二人、僕は知らぬ間に壁際へと追い詰められていく。ハリセンを具現化したままだから、位置もモロバレだ。こうなったら……

「こいつ、この期《ご》に及んで何を書く気だ？」

「とりあえず、待ちましょう」

『そうか聞いてくれないのか。それなら……自分でやるよ!!』

「「は？」」

僕は隙《すき》をつき、グレンの背後に回る。ハリセンを彼の腰付近に無理矢理巻きつけ、そのまま容赦《ようしゃ》なく持ち上げる。変な持ち方だから、力がかなりいるけど、このまま技に持ち込む!!

「しまった!!」

そのまま後方へ反り投げると、グレンの頭から首にかけてが地面にぶつかる衝撃音が聞こえてきた。

「グレン!!　この腐れ浮遊霊が〜〜〜光属性付与!!　『テニスボール』」

うお!?　僕もグレンも、頭が地についている体勢になっているせいで、回避できない!!　数十個のボールが連射で僕目がけて飛んできた。アタタタタ、これ、地味に痛いぞ!!　僕は急いで立ち上がり、戦闘態勢をとる。

グレン落としは成功させたのに、僕のステータス欄に何のメッセージも流れてこない。やはり、クロエがやらないといけないようだ。

「イッテ〜〜〜、頭がクラクラする。あの技を気にしすぎて、反応が遅れた」

え、あれが『グレン落とし』じゃないの？

「グレン、気をつけて。今のは、体術『プロレス』よ。少し前のバザータウンの大会で、カオル・モチミズという選手が新たな体術として披露《ひろう》していたわ。私の『グレン落とし』は、別名で『ブレーンバスター』。さっきのは『ジャーマンスープレックス』という技よ」

は、プロレス技だって⁉

そういえば大会後、カオルさんは色々とみんなに披露《ひろう》していたけど、僕は知らぬ間に全く違う技を行使していたのか。

「プロレス技か。クロエ、アレを試してみる。浮遊霊なら問題ないだろ？」

「ええ、そうね。練習台にはもってこいね」

なんだ、何か仕掛けてくる気だ‼

「おい、浮遊霊‼」

グレンに呼ばれたせいで、意識を彼の方へ向けた瞬間、クロエが体勢を低くして、僕に足払いを仕掛けてきた。僕は対処できずに、そのまま前のめりに転んでしまうと、グレンの両手が僕の両腕をがっしりと掴み、両足を僕の両膝付近に固定させると、彼はその状態を維持したまま、仰向けとなり、僕は両腕両足を固定されたまま天を向く。

『イアダダダダダダダ』

あまりの激痛に暴れるも、余計痛みが増してしまい、僕は苦痛を訴える。

「浮遊霊さんよ。これが、『ロメロスペシャル』っていうプロレス技だ。カオルって人と、この技を詳細に掲載してくれた記者には、感謝しないといけないな」

これは、地獄の苦しみだ!! バザータウンで見たものを、僕が食らう羽目になるんなんて夢にも思わなかった。

『悪かった～～～助けてくれ～～～』

くそ～～、これだけ懸命に声を出しても、二人には全く聞こえていないのか!?

「このまま両手足をもぎ取りたいところだが、最後はクロエに任せるよ」

やばい、僕がアレを食らっても、意味がない!! ここから、何とか挽回《ばんかい》しないと!!

「任せて。さっきステータスに新スキルが追加されたの。スキル『アッシュドライバー Lv1』」

なんだ、そのスキル名は!?

嫌な予感しかしない。やばい、何とかして逃げないと!!

「いいね。まるで、アッシュが俺たちに力を貸してくれているみたいだ。あいつが帰ってきたら、真っ先に今日の出来事を教えてやろう」

「いいわね!!」

よくないって!! アッシュは、ここにいるんだよ!! お前ら、浮遊霊の正体が僕だとわかっててやってないよな!?

『アダダダダダダダ』

不意に、僕は激痛から解放され、地面へと倒れ込む。このまま逃げようと思ったけど、あまりの痛さで動けない。

クロエがこの隙《すき》を見逃すことなく、太ももで僕の頭を固定し、そのまま身体を逆さまにして持ち上げる。僕は振り解《ほど》こうと必死にもがくものの、全くびくともしない。

「『アッシュドライバー』は、『グレン落とし』と違って、相手が誰であろうと使える。私の怒りゲージが高いほど相手を固定する力が激増していき、スキルレベルが高いほど、落とす高さも上がっていく。今はレベル1だから、三メートルが限界のようね。私は風属性を持っていないから、この効果はありがたいわね」

全然振り解《ほど》けないと思ったら、怒りが関係しているのか⁉

僕の行動全てが、裏目に出ているじゃないか‼

やばい、どんどん上昇していく‼

ステータスの差があったとしても、体勢が逆さまの状態からの落下は結構怖いぞ‼

「食らいなさい、浮遊霊‼　『アッシュドライバ〜〜〜〜』」

『うわあああ〜〜〜〜』

迫りくる地面が怖すぎて、僕は目を閉じる。

そして、地面に激突する衝突音とともに、僕の頭だけが深々と地面に刺さり、そのまま首から下が地面へと崩れ落ちる。薄れゆく意識の中で、奇妙な声が聞こえてきた。

『試練続行不可能とみなし、アッシュを不合格とする』

……もう、試練なんてどうでもいいよ。

19話　大霊樹の試練終了

現在、私――シャーロットは試練を終えたばかりで、フレヤと別れて目が覚めたら、眼前に神ガーランド様がいて、いつものあの白い部屋にいる。

本格的な話し合いをする前に、他の三人の結果をテレビモニターを通して教えてもらうことになった。ただ、それは編集された映像のようで、一人十五分ほどにまとめられていた。

初めにテレビに映し出された人物は、リリヤさんだった。

彼女は無事に試練に合格した。また、壁を打ち破ったことで、また一つ強くなっており、その顔からは全ての悩みから解放されたかのような爽快感が見て取れた。

次に表示されたのは、トキワさんだ。

彼の使命は、誰にも気取られず、コウヤ・イチノイを捜し出し、彼だけにその存在を認知させること。場所は、ランダルキア大陸中央地域に位置するズフィールド聖皇国の聖都サルメダル。

テレビ越しではあるけど、初めてランダルキア大陸の景色を見た。大陸が違うこともあって、そこから見える景色や建築様式は、多分東南アジアに近いかもしれない。

トキワさんも私と同じく浮遊霊の状態で出現した。ただ、自分の姿を理解すると、すぐに細い道へ入り、状況把握《はあく》に徹するようになる。

浮遊霊の場合、光属性を身体に付与した人には、存在がすぐにバレてしまうから、それを警戒しているのだと思う。私たちと違い、誰にも知覚させてはいけないのだから。

彼は気配を殺し、冒険者ギルドや酒場などからコウヤ・イチノイの情報を収集していく。彼の強さは、この国においても周知の事実らしく、世界最強とみんなから思われており、聖王様から依頼された魔物退治をずっと引き受けているらしかった。

現在は聖王様の依頼も一区切りつき、王城に滞在して、騎士たちや魔法使いたちに厳しい訓練を施している。

意外だったのが、コウヤさんの家族が王城内にいたことだ。コウヤさんの奥さんとその息子である男の子（十二歳くらい）も、その訓練に参加していたらしく、トキワさんもかなり驚き、小声で呟《つぶや》いていたよね。自分の存在を気取られぬよう、かなり遠い位置から監視していた。

私自身も、コウヤさんを見るのは初めてだった。

青く短い髪、凛々《りり》しい目つき、妙に似合っている忍び装束、前世の私なら一目惚《ひとめぼ》れしてもおかしくないほどのダンディーなおじさまだった。年齢は三十代前半くらいに見える。

トキワさんは機を見計らい、コウヤさんが一人となったところで声をかけ事情を説明したのだけど、どうやら息子さんに気配を気取られていたらしい。それで、試練は失敗となってしまった。

コウヤさんは優しい笑みを浮かべながら、落ち込むトキワさんに激励の言葉を贈る。

「息子に気取られるとは、まだまだ未熟だぞ。だが、以前見たときよりも、見違えるほど強くなっている。私と同じく、自力でスキル『機構打破』を入手したんだな。いい仲間と出会えたようで安心したよ。聖女『シャーロット』か、私もいつか出会いたいものだ。もっと詳しい話を聞きたいが、気配がどんどん弱くなっている。あと、一分もすれば元の場所へと戻されるだろう。トキワ、スキル『機構打破』を入手したからといって、傲慢《ごうまん》になってはいけない。自分自身に負けず、もっと精進するんだ」

この言葉を貰《もら》い、トキワさんの試練は終了となる。試練自体は不合格だったものの、彼も満足そうな笑みを浮かべて消えているのだからいいよね。

そして、最後にアッシュさんの試練を見たのだけれど……開いた口が塞《ふさ》がらない。あまりにも悲《ひ》惨《さん》な結末だったので、私はガーランド様を批判する。

「ガーランド様、アッシュさんに恨《うら》みでもあるのですか？」

「君の言いたいことはわかる。まさか、私もこんな結末になるとは思わなかった。友達思いの彼のことだから、グレンとクロエに全てを打ち明けると思っていたんだ。まさか、シャーロットのために、あそこまで自分を押し殺して試練に臨むとは思わなかった」

「それ以前に、試練の内容に問題がありますよ!!　なんですか、最後の『アッシュドライバー』って!!」

私、リリヤさん、トキワさんの三人はまともなのに、なぜ彼だけあんなふざけた内容なのよ？

私が怒り心頭でガーランド様を見ると、観念したのか真相を打ち明ける。

「正直に言おう。今回、私は厄浄禍津金剛の捕縛《ほばく》に一役買ってくれたみんなにお礼をしたかった。シャーロットはイザベル、リリヤはロッカク村の人々、トキワはコウヤ・イチノイ、それぞれにおいて大きな繋がりがあるから、今回試練として向き合わせた」

それはわかる。私はフレヤと再会できたことで、自分の思いを打ち明け、それが彼女にも届いたからこそ、今後も友達としていられるのだから。

「シャーロットとトキワに関しては、場所を移動させるだけだから何の問題もなかった。リリヤは、日本のVRを基に仮想世界を作り上げ、浮遊霊としてロッカク村に漂っている村人たちに事情を説明し、そちらへ移動してもらい、準備を整えたのだが……」

え、なぜそこで押し黙るの？　リリヤさんの試練は上手くいったよね？

「全て整え終えたとき、気づけば試練の前日だった。つまり、アッシュの試練を詳しく考えている時間がなかったんだ。以前、君がスキル『グレン落とし』を編集したのを思い出し、咄嗟《とっさ》の思いつきで課題を考え、精霊にジストニス王国の王都で浮遊霊騒ぎを起こしてもらい、当日を迎えたわけだ」

うわあ〜、ぶっちゃけたよ、この神。

最低〜、アッシュさんだけ適当に試練を考えたんだ。

そのせいで、彼はあんな悲惨《ひさん》な結末を迎えることになったのよ。

「まさかとは思いますが、その前のチャージウッド戦で与えた称号と基本ステータスの増加。あれらはこうなることを見越してのお詫《わ》びですか？」

「あ～～～すまない。最後の『アッシュドライバー』もつい悪ノリしてしまい……」

ガーランド様は、深く謝罪する。

本当に最低な神なんですけど？

〇〇〇

ガーランド様から謝罪を受けた後、私は改めて今後の話をしていく。

「アッシュには申し訳ないことをしたが、改めて言おう。シャーロット、大霊樹の試練、突破おめでとう。残る試練は二つ、今の君ならば何の苦もなく突破できるから、もう長距離転移魔法を入手したも同然だ」

それをここで言っちゃうの⁉

普通、全てを乗り越えてから私を呼び出すよね？

「まさか、アッシュさんの件もあって、今呼び出したのですか？」

「その通り、彼には本当にすまないと思っている。だから、君には彼へのアフターフォローをお願いしたい」

トキワさんも不合格認定されているけど、彼はそれに対して納得している。でも、アッシュさんは違う。全てが不完全燃焼という形で終わっているから、絶対にフォローを入れておこう。

「わかりました。事情を説明すれば、一応納得してくれると思います」

「ありがとう。さて、ここからは大霊樹と霊樹の関係性について述べよう。まずは霊樹の件だが、君も既に理解していると思う。君たちは、隠れ里で霊樹を『構造解析』していれば、最短距離で迷いの森へ行けただろう」

ああ、その件からか。あのときは、精霊様がきつく言うものだから、何か理由があると察し、その後追及しなかった。

あの時点で約束を破り『構造解析』していれば、もっと早い段階でここへ来られたんだね。

でも、今だからこそ、私はその行為が『時期尚早』だと強く思う。

もし、あの段階でここへ来ていたら、確実にアッシュさんやリリヤさんという二人の掛け替えのない友を失っていただろう。

早い段階で故郷へ帰還できたとしても、心に深い傷を負っているはずだから、正直両親たちに笑顔を見せられないと思う。

「その通りだね。あの時点では、まだ三人とも心が未熟だった。その後、ユアラが関与してきたことで、君たちは身体も心も強くなった」

もし、私に前世の記憶がなければ、確実に仲間の誰かが死んでいたかもしれない。最悪、クーデターも失敗に終わり、クロイス様だって死んでいた可能性もある。今思えば、よく誰も死ななかったよね。

「君自身がそれを強く理解しているのなら、私からは何も言わなくていいね。ただ、ユアラの件で、君に言っておくべきことがある」

ユアラの件？　地球での贖罪《しょくざい》方法に関しては、既に決まっているし、全て解決しているよね？　何か残っていたかな？

「彼女は、これまで多くの人々にスキルや魔法を与えてきたわけだが、システム外のスキルを譲渡、または販売した者は、合計で二百十八人もいた」

ユアラ、大勢の人たちにスキルを与えすぎでしょう⁉

「システム内のものであれば、スキルや魔法も安定しているから暴走することもないが、システム外のものは別でね。使えば使うほど、何かしらの副作用が生じてしまい、所持者の人格や健康を脅《おびや》かす」

それってまずくない？　実際、エルギス様の人格もかなり変化していたし、シンシアさんの場合はどうだろう？

「そういった影響もあり、現在のシステム外スキル所持者の生存者数は……三人しかいない」

は、三人⁉

残り二百十五人は、全員死んでいる⁉

「人格変容により、仲間に殺された者もいれば、身体を壊し早逝《そうせい》した者もいる」

え⁉　エルギス様とシンシアさんは大丈夫かな⁉　三人のうち二人は彼らだよね！

「安心しなさい。エルギスは『構造編集』により、システム内のスキルに変化したこともあり、人格も正常に戻っている。だが、魂と身体のバランスに大きな歪《ゆが》みが生じていてね、かなり危険な状態であったため、私の方で修復しておいた。現在は、何の問題もなく、城の離れで暮らしている」

人格の変化はわかっていたものの、魂と身体の歪《ゆが》みには全然気づかなかった。とにかく、今は健康に戻っているのなら安心だ。

「次にシンシアだが、あの二つのユニークスキル自体を私のシステムに取り入れた。人格に関してはやや影響が出はじめていたものの、シャーロットとベアトリスの介入により、以前の状態へ戻っている。身体についてはまだ健康を保っているが、どこで急変するのかわからないので、念のため私の方で調査を続ける」

調査か、残る一人の状況も気になる。

「大丈夫、その人物は全て終了している。残る一人も調査済みで、スキルも修繕し、人格も以前のものに戻している。そして、生存者三人の健康に関しても、今後五十年間は病気を発症しないよう調整しておいた。これは、私からのせめてもの償いだ」

それを聞けてひと安心だよ。魂と身体の歪《ゆが》みなんて、回復魔法じゃあ直せないもの。フランジュ帝国へ戻ったら、シンシアさんとクロイス女王に教えてあげよう。

「次に、大霊樹についてなんだが、シャーロットが故郷へ帰還した後も、時折様子を窺《うかが》ってほしい。ロベルトから聞いていると思うが、大霊樹は魔法を行使する上で必要不可欠な存在だ。この樹が消失したら、魔素も消失してしまい、魔法は二度と使用できなくなってしまう」

千年前の世界大戦で、大霊樹も霊樹も深く傷つき、一時期かなり危険な状態が続いたという。全ては、『転移魔法』に起因している。長距離転移魔法が世に知れ渡れば、千年前の二の舞になってしまう。

「任せてください。チャージウッドの試練で、結界樹への充填率も九十パーセント付近まで回復させたので、当面は大丈夫かと思います。とはいえ、万が一ということもありますから、今後定期的に監視しておきます。ただ、気になるのは大霊樹までの消費MPですね」

まだ魔法を入手していないので、行き来するための消費MPがわからない。

「それなら問題ない。大霊樹は長距離転移魔法を扱う上での起点となる場所だ。目的地が大霊樹の場合の消費MPは、大霊樹が魔力を肩代わりするため、どこであろうと、魔法所持者が誰であろうともゼロとなる」

それは嬉しい。大霊樹自体は、結界樹よりも強い輝きを放っているから、私やトキワさんが入手したとしても、大霊樹の負担は少ないだろう。それ以外の魔法所持者――コウヤさんやロベルトさん、カグヤさん、もしかしたらシヴァさんも入っているかもしれない――は最大六名なので、大丈夫だよね。

「それを聞いて安心しました。これからは、ここを起点にして、ハーモニック大陸の各国へ行くことも可能ですね。将来的には、互いの大陸を行き来できるくらい国交を回復させたいと思っています。無論、まだ問題が色々と残っていますので、かなり先の話ですが」

故郷へ帰還して聖女の仕事に慣れたら、二百年前の戦争について詳しく調査しよう。獣人が強く絡んでいるようだし、支配欲に溺《おぼ》れて仕掛けたことだとすると、また同じ行為をするかもしれない。人間だって、事情は違えど、戦争を何度も起こしているからね。そうだ、故郷へ帰還したら、多分エルディア王国の国王陛下のもとへ召還されるだろうから、そのときにでも戦力差を教えてあげよう。

今のアストレカ大陸とハーモニック大陸では、種族による能力限界値も関係しているけど、戦力自体に大きな差がある。

それを知れば、陛下自身が各国に伝えるだろう。

それに、真実を知っている私からすれば、状況によってはハーモニック大陸側につくかもしれない。

「将来、君がどんな道を歩んでいくのか楽しみでならない。一応、覚えておいてほしいのだが、近い将来、アストレカ大陸の人々を恐怖に陥《おとしい》れる存在が現れる」

ガーランド様は真剣に言っているのだから、私も現状の案を伝えておこう。

「ああ、魔王的存在ですね。そのための神託も下ろしているようですが、もうほとんど意味を成していませんよ？　私がいる限り、そんなやつはデコピン一発で屠《ほふ》ります。ただ、勇者になるオーキスの立場もありますから、私が魔王的存在を葬《ほうむ》った後、そいつに化けてオーキスと戦い、敗北すれば解決となりますね」

私の住む場所を脅《おびや》かすやつは、誰であろうと容赦《ようしゃ》しない。きつ〜い罰を施し、心とプライドをへし折ってやる!!　私の返答を聞いたことで、ガーランド様は高々と大笑いする。

「あははは、まったく、君といると退屈しない。帰還してからの君の手腕、ここから見せてもらうよ」

平和を目指す上で、どうしても力を使う場合もあるだろう。でも、絶対に恐怖で国を支配したくない。かなり困難を極めそうだけど、二大陸間の平和こそが私の目標でもあるのだから、みんなと協力して進めていこう。

20話　長距離転移魔法の眠る石碑

ガーランド様と別れ、次に目覚めたときは、大霊樹の神具『ブレインウッド』の中にいた。

私は神具『ヘッドウッド』を脱ぎ、みんなのところへ行くと、リリヤさんが地面に伏して打ちひしがれているアッシュさんを慰めており、トキワさんはそれを複雑な表情で眺めている。

「シャーロット、目覚めるのが遅かったな」

トキワさんが私に話しかけてくれたものの、どう説明したらいいのか困っている表情だ。

「ガーランド様と会談していたんです。みなさんの受けた試練の全容とその結果も知っています」

その言葉にアッシュさんはガバッと起き上がり、猛然とした勢いでこっちへ向かってくる。

「シャーロット!! 僕の試練、あれはどんな意味があるの!?」

あんな内容なら、気になって当然だよね。チャージウッド戦で得た称号のことを抜きにして、私は正直に彼に話す。

「はあ〜〜〜!? リリヤの試練の準備に時間をかけすぎて、僕の試練だけ適当に考えた、だ〜〜〜!! どんな理由があるのか気になったけど、まさかそんないい加減なことって……やってることは、あの腐れ神と一緒じゃないか〜〜〜〜」

凄《すご》い絶叫《ぜっきょう》、相当根に持っているね。

ショックで押し黙るアッシュさんを、リリヤさんが必死で慰めている。

「いい加減すぎるだろ? 『神』という存在を崇拝すべきなのか怪しくなってきたな」

トキワさん、あなたの言いたいこともわかります。あの腐れ神とガーランド様だけを見たら、そう思っちゃうのも仕方ないでしょう。

「ガ……ガーランド様も、アッシュさんの件に関しては反省しているんです。私に対してですが、謝罪もしていましたから、許してあげてください。一応言っておきますと、クロエさんもグレンさんも、浮遊霊の正体に気づいていません。あの『アッシュドライバー』の光景を遠くで目撃していた冒険者のおかげで、二人の依頼も無事達成とみなされ、みんなが喜んでいますよ」

「僕以外ね」

自分だけどうでもいい存在と思われたせいか、かなり投げやりな言い方になっている。終わり方も完全に悪役のパターンにハマっていたこともあり、凄《すご》い落ち込みようだ。

とりあえず、ここでの試練も終了したし、次は長距離転移魔法の眠る石碑へ移動しないといけないから、アッシュさんにも早々に復活してもらいたい。ここは、全て恋人でもあるリリヤさんにお任せしよう。私は、トキワさんに近づく。

「トキワさん、次に進むための手順を知っていますか？」

「ああ、俺が目覚めたときには、もうあの小さな石碑が出現していた。試練を突破した者が、あの石碑に触れることで、パーティー全員が長距離転移魔法の眠る石碑の間へ転移できるようだ」

彼の指差す方向に、小さな石碑が出現していた。あれに触れることで、ようやく最終目的地へ行ける。

「ガーランド様との会談でわかったことですが、試練はあと二つあるそうです」

「二つ？」

「はい。しかも、私であれば、それらを楽に突破できると言っていました」

私と同じで、彼も怪訝《けげん》な顔をする。

次が最終目的地なら、あと一つで終了のはず。これは、魔法を入手した後にも、何かがあるということを示している。

しかも、私だけ突破できることが確定していると神様が言うのだから、不思議に思って当然だ。

最後まで油断しない方がいい。

今日はもう遅いし、アッシュさんの精神状態もよくないので、ここで一日休養をとり、試練に臨もう。


……翌朝。

リリヤさんが終日慰めてくれたことにより、アッシュさんの心も復活し、私たちは小さな石碑の前にいる。小さいと言っても、私の背丈くらいはあるけどね。

「みなさん、心の準備はいいですか？」

私がみんなの顔色を確認すると、全員が静かに頷《うなず》く。

私たち四人が石碑に触れた途端、景色が唐突に切り替わった。これは、転移した感覚だ。

私たちはどこかの洞窟の閉じられた空間にいるらしい。このフロア自体は天井も高く、かなり広い。

今いる場所は、直径五メートルの魔法陣の中のようで、ここから二十メートルほど先に、高さ四メートルほどの巨大な石碑が祀《まつ》られている。

あそこに行けば、長距離転移魔法を入手できる。

さてと、どこかに立て札があるはず……すぐ近くにあったよ。魔法陣の境界線となる位置に、一《ひと》際《きわ》大きな立て札がね。

石碑の間へようこそ

ここでの試練は超簡単!!　一人ずつ転移魔法陣から出て行き、あの石碑に触れれば、超レアな『長距離転移魔法』を入手できるよ。

でも油断は禁物。入手した後、必ずこの魔法陣の中に戻ってくること!!

制限時間は十分、時間を超えてしまった場合は、この迷宮で入手したアイテム、スキル、魔法を消去してから、スタート地点に戻ってもらいます。

なお、この試練に限り、あなた方には拒否権が発生します。

ここでの試練をやめたい者は、魔法陣内でリタイアと宣言してください。

それと、この空間内での魔法とアイテムの使用は禁止だよ。

あそこへ辿《たど》り着ければ魔法を入手できるって、いくらなんでも簡単すぎる。これは、絶対何か裏がある。でも、周囲を見た限り、特別何かを仕掛けている様子が見られない。ガーランド様は、私であれば残りの試練を余裕で突破できる、と言っていた。それじゃあ、他のメンバーは？

「ここは、俺が先に行こう」

宣言したのは、トキワさんだ。

「この魔法陣を出た瞬間、必ず何かが起こる。俺がそれを見極め、三人に伝える。アッシュとリリヤは、試練を受けるか、それで判断するんだ」

ここは、彼の指示に従おう。本来であれば、私がトップバッターを務めるのがいいのだけど、私の圧倒的なステータスで試練を試練だと理解できないかもしれない。トキワさんであれば、すぐに理解してくれるし、三人の中でも一番突破できる確率が高い。

「トキワさん、気をつけて」

「アッシュ、自信を持て。昨日の試練に関しては気にするな。お前は、少しずつでいいから前へ進んでいけ。そして、この試練をリタイアするかどうか、俺を見て判断するんだ」

「はい!!」

トキワさんは覚悟を決めて、魔法陣から出る。すると、彼は急に苦しみ出し、地面に片膝をつく。

「ぐあああ〜〜〜、くそ……そういうことか!!　負けるか〜〜〜」

渾身《こんしん》の叫《さけ》び、その声からは一切余裕を感じ取れない。私たちにその意味を言えないほど、彼は追い詰められている。

何が起きているの？

トキワさんは、自分の持つ基礎能力値をアップさせるスキルを使い、全身の力を振り絞《しぼ》りながら、ゆっくりと一歩ずつ歩を進めている。それでも、ペースがあまりにも遅すぎる。これでは、到底十分では帰ってこられない。アッシュさんもリリヤさんも、彼の身に何が起きているのかわからないから、無言で見守っている。

「くそったれが～～こんなところで終わってたまるか!!　『鬼神変化』!!」

刀魔童子へと変化していくトキワさん。そこからの足取りが劇的に変わった。明らかに歩行速度が向上しているし、身体にかかる負荷も楽になっている印象を受ける。

もしかして、この試練って『重力』が関わっているんじゃあ？

そんな考え事をしていたら、彼は既に石碑へと到達しており、その石碑に触れると、自分のステータスを確認することなく、ここへ急ぎ戻ってくる。

もしかして、残り時間も表示されていない？

魔法陣に到達する頃には、トキワさんはかなりの息切れを起こしており、『鬼神変化』を解除すると、全身が汗だく状態となっており、そのまま倒れ込む。ここまで体力を消耗《しょうもう》させるものなの？

「俺は……試練に成功した。長距離転移魔法と基点座標も、ステータス欄にはっきりと明記されている」

「トキワさん、魔法陣の外で何が起きているんですか？」

私は、一番気がかりな点を彼に質問する。

「ガーランド様の仰《おっしゃ》っていた意味がわかったよ。シャーロットならば、間違いなく楽に突破できる。この試練の正体は、『重力』『気圧』『温度』の三つだ」

トキワさんが、ここでの試練を語ってくれる。

魔法陣から出た瞬間、フロア全体が灼熱《しゃくねつ》の温度となっていた。おそらく百度前後。そこに重力が通常の数十倍にまで引き上げられているため、歩くだけでもかなりの困難を極める。

そして、はじめこそ気づきにくいものの、石碑に近づけば近づくほど、気圧自体が低くなっていくらしく、石碑近辺は、トキワさんの経験からすると、高度八千メートル級の山々の頂上に匹敵《ひってき》するほどだという。

全容を把握《はあく》した限り、私であれば、そういった環境には既に適応済みであるため、楽に突破できるけど、アッシュさんとリリヤさんは違う。

「トキワさん、僕の腕だけを魔法陣から出して経験することは可能でしょうか？」

「私もできるのであれば、経験したいです」

「アッシュさん、リリヤさん、それは私が試します。可能であれば、腕だけでも経験してください」

そう、ここは私の出番でしょう。

せめて、試練開始の合図だけでも、どこかで言ってほしい。

まず、私は腕だけを魔法陣の外に出してみる。

試練開始の合図は、まだ出ていない。

「これは!?　アッシュさん、リリヤさん、まだ開始のメッセージが表示されていませんので何とも言えませんが、もし経験できるのであれば、必ず地面の上に何か熱を通さないものを敷いてから、その上に腕だけを出してください。間違っても、今の私のように地面と平行して出さないように。

多分、腕がボッキリと折れます」

トキワさんは、普通に出て行ったから何の被害も出ていないけど、『腕だけ試しにやってみる』場合、必ず今の私と同じ行動をとってしまうだろうから。

さあ、歩きましょうか!!

私の身体が全て魔法陣を抜け出たところで、ステータス欄に『試練開始』というメッセージが表記された。これならば、アッシュさんとリリヤさんも経験できる。

ここからは、私も試練に集中して歩きましょう。


ケルビウム山山頂で経験したことが、ここで活きてくるなんてね。

あそこの気温は百度じゃなかったけれどね。ただ、今のステータスであれば、五十度でも百度でも同じくらいに感じてしまう。

重力も強く、気圧も下がりつつある。それでも、私は歩行速度を緩めることなく前進していく。

気づけば石碑に到達しており、触れた瞬間、『「長距離転移魔法」と「基点座標」。また、神ガーランドの計らいで、「各都市の座標」を入手しました』というメッセージがステータスに表記された。

詳しい情報を見たいところだけど、これは全て終わってからでいいよね。

そのまま引き返し、魔法陣の中へ戻ってくる。

「呆気《あっけ》ないほど簡単に、私の求めていた魔法と座標を入手できました。試練開始の合図は、身体全体が出てからなので、お二人も試せますよ。ただ、腕を出す前に、今できる自分の全力を引き出しておくことをお勧めします」

これで、あと一つ試練をクリアすればいい。

「シャーロット、おめでとう。よし、僕も腕だけ試してみよう!!」

「私もやる!! 『鬼神変化』」

アッシュさんは片膝をつき、アダマンタイト製の刀の鞘を魔法陣から出し、そこに腕を置く。リリヤさんは白狐童子になるが、白狐童子はプライドのせいか、立ったまま腕を出した。

「熱い!! それに、なんて重さだ!! 腕だけしか出していないのに、全然上げられない」

「なるほど……かなりの重さだ。これが全身にきて、温度と気圧が関わってくると……悔しいが、今の私では石碑まで到達できそうにない」

アッシュさんは、かなり必死にもがいている。でも、腕を上げられそうにない。それに対して白狐童子は少しだけ顔を顰《しか》め、腕をゆっくりと上下させている。

「これは俺の直感だが、ここをクリアするには、最低でも称号『機構打破』がいる。ステータスの限界点とも言える九百九十九を突破した強者だけが、長距離転移魔法と基点座標を入手できるんだ」

トキワさんの推測は、多分当たっている。これまでに入手した人たち全員が、システムの限界を超えているもの。

「『機構打破』。今の僕にとっては遥《はる》かに高い目標だけど、いずれ手に入れる!! そして、再挑戦してやる!!」

「無論、私もだ。リリヤ自身も、挑戦したいと息巻いているな」

「俺も『鬼神変化』を行使することなく、もう一度再挑戦だ」

その後、アッシュさんとリリヤさんがリタイアを宣言したことで、ここでの試練は終了と判断され、私たちは大霊樹の小さな石碑へと転移された。

残る試練はあと一つ。これさえ乗り越えられれば、私は故郷へ帰還できる。

でも、アイテム『エスケープストーン』で森を抜け出したっていい状況だ。どこで試練を行うのか、疑問だけが私の心の中で残っている。

21話　最後の試練

私たちが大霊樹の小さな石碑のもとへ戻ると、石碑に刻まれていたメッセージの内容に変化が起きていた。それを確認すると——

最終試練
みなさん、お疲れ様。ただ今より、全員参加の最終試練を実施します。この試練に失敗した者は、

先程の試練で入手したもの全てがステータスから削除されます。
内容は超簡単。エスケープストーンを使用せず、三時間以内に迷宮の森から抜け出ること。帰還者全員がこの内容を確認し次第、試練開始とする。

「「「「え!?」」」」

これを見て非常に焦《あせ》る私たち。チャージウッドのチャージポイントを引き換えに、転移で一気にここへ来ているせいで、ここまでの道順が全くわからない。

普通に考えて、エスケープストーンなしに三時間以内に入口へ戻れるわけがない。

でもガーランド様は、私であれば余裕で突破できると言っていた……魔力全開でまっすぐ突っ切れば三時間以内で脱出できる……まさか、そんな力づくで突破なんてありえないよね。

「ここまで来たのに、最後の最後でこんな難題を突きつけてくるなんてな。アイテム、スキル、魔法の行使は大丈夫にしても、さすがに三時間以内での脱出は厳しいぞ。森全体に幻惑魔法がかけられている以上、力で突っ切ることもできない」

トキワさんも、かなり困惑している。私たちのスキルや魔法で、森全体にかけられている幻惑魔法を打ち破ることはできない。それをするには、最低でも結界樹に蓄積されている魔力以上の力が必要となる。

何か打つ手はないだろうか?

「幻惑魔法……脱出……打ち破る……何か引っかかるな」

「アッシュ、どうしたの？」

みんなが悩む中、独り言を呟《つぶや》くアッシュさんに、リリヤさんが問いかける。

「いや、誰かに幻惑魔法を打ち破る上で、何か言われたような気がするんだ……それが何だったのか思い出せない」

そんなこと、あったかな？

「ここに来るまでの道中で、何か言われたってこと？　私と出会ってからの重要人物となると……王都では、クロイス様、アトカさん、イミアさん、トキワさん、スミレさんだよね。隠れ里だと、ククミカ、ユアラ、ドレイク、ナリトアさん、カゲロウさん……」

「その人だよ、リリヤ!!」

「え!?」

どうやら、何かを思い出したようだ。話の流れからして、幻惑魔法関係でナリトアさんやカゲロウさんに何か言われたことあるかな？

「隠れ里のみんなと別れるとき、僕たち三人に魔導具をくれただろ？　幻惑魔法を打ち破るものだったはず……確か名前が……こう……」

「「あ!!　『光芒一閃《こうぼういっせん》』」」

アッシュさんの言葉に、私も重要アイテムを持っていることを思い出したよ。ここまで全く使ってこなかったから、今の今まで完全に忘れていた!!

「そう、それ!!」

カゲロウさんから託された隠れ里の貴重魔導具『光芒一閃《こうぼういっせん》』。魔導具に目的地へのイメージを定着させてから発動させると、一筋の光が発生し、幻惑魔法の幻に惑わされることなく、目的地へまっすぐ案内してくれる効果を持っている。ここに来て使うことになるとは思わなかった。

「お前ら、隠れ里の秘宝『光芒一閃《こうぼういっせん》』まで貰《もら》っていたのか!? あれは、俺や師匠でも貰《もら》えなかったものだぞ」

霊樹様を救ったことで、私たちは里の人たちから絶大な信頼を得た。だからこそ、三つも貰《もら》えたんだ。今こそ、使うべきときだよね!! ネックスレス型の魔導具で常に身につけていたせいで忘れていたよ。これがあれば、幻惑の中でも、正しい順路を指し示してくれる。そして、イメージすべきは、私の大切な従魔『カムイ』だ!!

〇〇〇

あ〜あ、シャーロットたち遅いな〜。ここを出発してから、三日も経過しているよ。僕――カムイは、お父さんやお母さんと一緒にいられるし、温泉も堪能《たんのう》できるからいいけどさ〜。そろそろ、戻ってきてほしいな〜。

「はあ〜スッキリしたわ〜」

お母さんが、僕専用の簡易温泉施設から出てきた。

シャーロットが森に入った後、お父さんが『制覇するまで最低三日はかかる』と言っていた。だから、それまで温泉に入れないと思った僕は、シャーロットから借りていた予備のマジックバッグの中を漁《あさ》り、自分専用の簡易温泉施設を取り出したんだ。

このバッグは予備として使われているけど、元々シャーロットが僕専用に購入してくれたもので、所有者も僕になっている。それに、シャーロットが帰還したら、これを正式に貰《もら》い受けることになっている。

僕の魔力量は六百もあるから、これくらいの建物なら余裕で入るのに、今のドラゴンの身体じゃあ物理的に持てそうにない。

必ず、誰かの手助けが必要なんだよね。

ああ、早くスキル『人化』を覚えたい。

あのとき、バッグから取り出した建物を見て、お父さんもお母さんもなぜか目が飛び出るくらい驚き、二人して『これは何!?』と尋《たず》ねてきた。『僕専用簡易温泉施設だよ』と言ったら、二人して首を傾げたから、中に入ってもらい、温泉兵器や浴槽《よくそう》の説明をした。

浴槽《よくそう》は、今の僕の形態に合わせて製作した壺湯もあれば、人型になることを考慮した壺湯や大浴《だいよく》槽《そう》とかもある。この施設を全部アッシュとリリヤの二人で製作したのだから凄《すご》いよ。

僕も人型になれたら、これ以上の立派な施設を作るんだ。

温泉について熱弁していたら、『家族三人で入ろう!!』ということになって、僕は家族と一緒に初めて温泉に入った。すると、なぜかわからないけど、心が凄《すご》く満たされて、涙が目から零《こぼ》れ落ちていった。

何だか恥ずかしく感じたから、僕は温泉の湯でごまかした。

この三日間は、僕にとって素晴らしいものになった。でも、そろそろ飽きてきた。

「そういえばお母さん、エンシェントドラゴンっていう種族って、どれだけの数がいるの?」

「今のところ私たちを入れて、十二体よ。魔物の頂点に君臨しているから、パワーバランスの兼ね合いで、その絶対数も少ないの。シャーロットのような存在が、何千何万といたら困るでしょう?」

はじめはよくわからなかったけど、最後のシャーロットのところでわかった。僕の主人のような存在が大量にいたら、世界が大変なことになる気がする。

「うん、世界中の人々が困る。あ……それなら、どうしてフランジュ帝国を拠点にして動いているの? 転移魔法を守るのなら、ここにすればいいと思うけど?」

僕は、頭に浮かんだ疑問を口にする。

「ああ、それはね。私たちがここに百年以上もいたら、いかにもそこには何かがあると思われるからよ」

まあ、普通そう思うよね。それに、バードピア王国の王族が転移魔法に気づいて、狙ってくる可能性もある。でも、それだけが理由ではない気がする。

「カムイは私たちの後を継ぐことになるから、全て話すわね。元々、ロベルト、私、初代皇帝の三人がフランジュ帝国を建国したの。建国の理由は至ってシンプル。私たちの過ごしやすい国を作りたかったから」

そんな軽い気持ちで、こんな大国を作っていいものなの？

「私たちは、ガーランド様から大陸間を陰から監視するよう言われているので、アクアドラゴンのシヴァやラプラスドラゴンのプリシエルと違い、ドラゴン形態も人型形態も地味なのよね。これは、世界各地にいるエンシェントドラゴンにも言えること」

地味……それって、僕も地味な容姿になるってこと？

なんか将来に不安を感じる。

「私たちが目指したもの。それは、エンシェントドラゴンの巨体を見ても、必要以上の関心を示さず、崇拝もそこそこレベル。それと、これが一番重要、大陸一の平和主義な国にすること」

「平和主義？　多くの人たちが『皇帝天武祭』っていうイベントでいっぱい戦っているのに？」

「それは、自衛手段としてやっていること。フランジュ帝国は建国以来、一度もこちらから戦争に踏み切ったことがないの。私たちが裏で少〜しだけ支配しているのよ」

ええ、そうなの!?

「皇帝になった者や上層部たちは、みんな理解しているわ。私たちが過ごしやすいように、政治だって動かしているんだから。私たちの住む山も、ほとんど開発されていないのがいい証拠ね。それと、これはガーランド様から昨日教えられたことなんだけど、あなたが風に流され、各地を転々とたらい回しされたこと、あれもユアラが関係していたの」

今になってわかったの!? こんなことなら、腐れ神と一緒に、あいつもお仕置きしておくべきだった!!

「腹が立つけど、そのおかげでシャーロットに出会えたのだから、そこだけは感謝かな。ところで、二人は迷宮の森で何か起きたとき、いちいち転移するんだよね? それだけで、かなりの魔力を消費するんじゃないの?」

「大丈夫、基点となる大霊樹への転移は、消費魔力ゼロなのよ」

あ、そういうことか。だから、ここにずっといる必要もなくて、拠点を別の場所にしたんだ。それなら、僕も比較的自由に行動できる。

今はお父さんやお母さんと一緒にいたいけど、いずれ僕も強くなって長距離転移魔法を入手したら、シャーロットに召喚されてアストレカ大陸へ行って自由に移動したり、アッシュやリリヤたちと一緒に冒険したい。それで、お母さんたちに会いたくなったら、大霊樹に転移して戻ればいいんだ。

『カムイ、私の声が聞こえる?』

突然、通信が入った!! この通信は、シャーロットと従魔たちの専用のものだから、相手が誰だかすぐにわかる!!

『シャーロット、聞こえるよ!!』

『長距離転移魔法の入手に成功して、今から森を抜けるのだけど、エスケープストーンを使えないの。その代わりに、魔導具「光芒一閃《こうぼういっせん》」というものを使うつもり。ただ、発動させるには、目印となる何かが必要なの。あなたのもとに帰りたいから、カムイを目印に使っていいかな？』

魔導具『光芒一閃《こうぼういっせん》』？　初めて聞く名前だ。ダンジョンの脱出とかに使用する魔導具でいいんだよね？

『構わないよ』

『これを使ったら、カムイの方に向かって一筋の光が飛ぶかもしれない。でも、無害だから何もしないでね』

『わかった。帰りを待ってるから!!』

ついに、長距離転移魔法の入手に成功したんだ。あとは、フランジュ帝国にいるクロイスやアトカ、ベアトリスやシンシアに伝えて、みんなをそれぞれの国に送り届ければ、シャーロットは故郷へ帰還できるんだ。

「お父さん、お母さん、シャーロットから連絡が入ったよ!!　長距離転移魔法を入手したけど、エスケープストーンを使えないから、魔導具『光芒一閃《こうぼういっせん》』を使ってここに戻ってくるんだって」

僕がシャーロットから聞いたことを話すと、二人とも驚いている。

何に対して、驚いているの？

「あの子は、色んな意味で凄《すご》いな」

「本当よね。あの魔導具は里の秘宝なのに、それを貰《もら》えたのね」

ええ!? 魔法を入手したことじゃなくて、そっちに驚いているの!?

あれ？　森の中から、何か一筋の光がこっちに向かってきてる。これは味方とシャーロットも言ってたから、僕は何もしなくていいよね。

「わ!?」

何もしなかったら、僕に直撃したよ!?

「あ、身体が光り出した」

この光、ミサンガのときと色が少し違う。

もしかして、これが目印という意味なのかな？

森から抜け出た光も、全然消えないし。

「これは……間違いなく、魔導具『光芒一閃《こうぼういっせん》』の光だ。私自身、一度しか見たことがないが、霊樹の力が刻まれた魔導具だから、当然森にかけられた幻惑も突破できる。これなら三時間どころか、一時間とかからずにここへ戻ってくるかもしれない」

よくわからないけど、お父さんが何も心配していないようだから、僕からは何もせず、ここにいるだけでいいのかな。

「最短距離で来られるのだから、絶対一時間もかからないわよ。これまでの達成者の中でも、脱出最短記録になりそうね」

お母さんは、シャーロットを褒《ほ》めているんだよね？

やっぱり、僕の主人は凄《すご》いや‼


そして、僕の身体が光り出して四十分ほど経過したところで、シャーロットたちが森の入口に現れ、まっすぐに僕の方へ向かってきた。シャーロット、アッシュ、リリヤ、トキワ、四人全員が長距離転移魔法を入手したのかはわからないものの、みんなの顔が晴れ晴れとしているということは、納得のいく結果を得られたのかな？

22話　ベアトリスの思い

私――ベアトリスがフランジュ帝国の帝城三階テラスで、サーベント王国の王太子妃シンシアの護衛を務めているとき、一人の男性騎士が礼儀正しく入ってきた。シンシアは優雅にレモンティーを飲み休息を楽しんでいたけれど、彼を見た瞬間、それが終わりであることを悟る。

「シンシア様、聖女ご一行がご帰還なされました。目的を無事に果たしたそうです」

やっぱりね、中庭付近が少し騒がしくなっていたから、もしかしたらと思っていたわ。それに、三日前の夢の中で、ガーランド様からシャーロットの帰還する日のことを聞かされていた。だから、私もシンシアもあまり動じていない。

「そうですか、わかりました。ベアトリス、休暇はこれにて終了です。彼女のもとへ参りましょう」

「はい」

シャーロットは、長距離転移魔法をついに入手したのね。ユアラの件もあって、神ガーランド様が故郷までの消費MPを肩代わりしてくれると彼女が言っていたから、ようやく両親に会えるわけか。

私にとって、彼女は命の恩人でもある。彼女が故郷へ帰還したら、今後会う機会も激減してしまう。だから、夢を見た日の朝、私とシンシアは急ぎサーベント王国のアーク国王陛下とアレフィリア王妃陛下に通信を入れた。どうやらお二人もガーランド様の夢を見たようで、急ぎ彼女のための送別会を催すよう手配すると仰《おっしゃ》ってくれたわ。

そして、ついさっきその準備が整ったという通信も入った。ギリギリ間に合ったわ。フランジュ帝国に関しては、既に歓迎会が行われているから、今日中にサーベント王国へ移動すれば時間的にも十分に間に合う。

クロイスの方も、イミアさんに通信し、急ぎ準備を進めているけど、完了したという通信は届いていない。

シャーロットの貢献度は、サーベント王国よりもジストニス王国の方がはるかに高いから、国をあげての盛大な送別会を考えているのかもしれないわね。

「ベアトリス、上映会用の魔石の方は大丈夫ですか？」

今、私たちの前に男性騎士がいるせいか、シンシアの口調は王太子妃のものだ。誰もいないときは互いにタメ口で話すこともあって、その喋《しゃべ》り方はいまだに慣れないわね。私も、人のことを言えないけど。

「問題ございません。上映用として一時間ほどに編集したことで、魔石に負荷がかかることなく、壁に投映可能です」

新たに開発した一眼レフデジタルカメラで撮影された、ユアラや厄浄禍津金剛との戦闘シーンやお仕置きシーンなどを編集し、おもしろ映像を作ったわ。

前半はカムイ、後半のほとんどはデッドスクリームやドールマクスウェルが撮影してくれたようだけど、みんなの撮り方が上手いから編集する側の私やシンシアも大笑いしたわ。

特に、厄ちゃんをルーレット台に固定させた後のお仕置きがたまらないわね。さすがに服が引きちぎられて徐々に下着姿になっていく神を見ると赤面してしまうものの、そこからの叫《さけ》びがいいのよ。

アーク国王陛下方も、これを見たら大笑いして、日頃抱えているストレスを発散できるでしょうね。

「それはよかった。では、シャーロットのもとへ参りましょう」

「はい」

私たちが謁見の間《ま》へ到着すると、シャーロットたちはエンシェントドラゴンのロベルトさんやカグヤさん、クロイスとアトカさん、ソーマ皇帝陛下と談笑していた。私たちもそのメンバーに入れてもらい、長距離転移魔法について聞いてみる。

「シャーロット、魔法を入手したと聞いたけど、経緯は言えないのよね？」

「すみません。どこにあるのか、どうやって手に入れたのかは言えませんが、私とトキワさんだけが入手できたとだけ言っておきます」

シャーロットとトキワだけ？　それって、強さも関係しているのかしら？

「そっか、まあ仕方ないわね。故郷までの消費ＭＰについては、答えてくれるの？」

「それは、ついさっき調べたので、今から発表するところです。ここからエルディア王国王都のエルバラン別邸までの距離は約一万六千キロメートル、消費ＭＰは通常であれば……三万二千ですね」

消費ＭＰを聞いたことで、全員が『三万二千!!』と叫《さけ》ぶ。

いくらなんでも、多すぎる!!

誰であろうとも、使用不可じゃないの!!

でも、一キロあたりの消費ＭＰは二だから、そうでもないのかしら？

それに、『通常』という言葉に、引っかかりを覚えるわ。

「ただ、この魔法は『とある特性』があります。それは、転移場所への愛着度です。転移場所に対しての思い入れが強ければ強いほど、消費ＭＰが下がります。ただし、この思い入れというものに、悪意があればあるほど、逆に消費ＭＰが高くなるようです」

なるほど、長距離転移魔法や短距離離転移魔法は悪用されやすいもの。そういったシステムにしておけば、悪人が入手したとしても、長距離転移魔法に関しては悪用されないわね。

「私の持つ各都市への愛着度をパーセント表示にした表がステータスの中にありました。この数値がそのまま消費ＭＰと連動しているようです。フランジュ帝国帝都『三十』、サーベント王国王都『七十』、ジストニス王国王都『九十』、エルディア王国王都『九十』、エルディア王国エルバラン領にあるエルバラン家『百』といった具合ですね」

その原理だと、ここからエルディア王国の王都までなら三千二百、シャーロットの生まれた家なら〇で行けるわけね。生まれた家はともかく、ここから自分の国の王都に行くだけでも、三千二百も消費するわけ？　まあ、ここまでの長距離となると、扱えるのはシャーロットしかいないわね。

「それならば、神ガーランド様のお力を借りなくても、今後シャーロット一人の力で私の住むジストニス王国まで転移可能ですか？」

このメンバーの中で、シャーロットと最も深く関わっているのは、ジストニス王国のメンバーよね。クロイスが気にするのもわかるわ。

「そうですね……ジストニス王国とサーベント王国の王都であれば、疲労することなく日帰り旅行ができます。ここだと、片道で半分以上の魔力を消費しますから、さすがに日帰りは無理ですね」

ちょっと待ちなさいよ!!

そうなると、シャーロットの魔力量って三万以上ってこと!?

全員が私と同じ見解に至ったのか、静けさが漂う。

クロイスも自分の発言で、とんでもないことを知ったせいか、何も返せないでいるわ。

この子を絶対に怒らせてはダメね。

「そ……それはよかったです。故郷へ帰っても、たまにはこちらに遊びに来てくださいね」

「はい!! この長距離転移魔法は、私の指定した人物であれば、最大五人まで移動可能のようです。落ち着いたら、クロイス様、シンシアさん、ベアトリスさんのもとへ、家族全員で遊びに行くと思います」

またもや、全員が押し黙る。いきなりアストレカ大陸の人間を連れてこられたら、サーベント王国はともかく、ジストニス王国だと騒がれるわ。

「もちろん、事前にカムイに連絡して、みなさんの許可を貰《もら》いますよ？ いきなり転移したら、絶対騒がれますから」

あはは……そうよね。ただ、この子の場合、面白がって友達とかを連れて気軽に転移してくるかもしれない。クロイスやアトカさんもそれを想像したのか、ちょっと青褪《あおざ》めている。う〜ん、大陸間の転移で離れ離れになるはずなんだけど、全然お別れするという実感がないのは、私だけかしら？

厄浄禍津金剛のお仕置きを敢行してから、私、シンシア、クロイス、アトカさんの四人は、この帝城で国賓扱いでお世話になっている。

シャーロットがいない間、私たちは国交をより深めるため、皇帝陛下や政治を執り仕切る臣下の方々とともに、互いの文化について伝え合った。

特に、ジストニス王国は特殊な事情で長期間他国と国交を断絶していて、各国の情報が国内に全く伝わっておらず、全てにおいて出遅れている。

今回はバードピア王国以外の王族が集まっているので、クロイスとアトカさんにとっては、五年分の情報を補う絶好の機会だったはずよ。これは、私にとっても同じことが言えるわね。

私たちはシャーロットたちとともに、サーベント王国へ転移することになったため、ここでお世話になった方々にこれまでのお礼を言う。騎士の方々にも、訓練を付き合ってもらったので、私は彼らにもお礼を言っていく。

シャーロットも仲間とお別れの挨拶《あいさつ》をしているようね。インビジブルドラゴンのカムイは、彼の両親がフランジュ帝国を拠点にして動いているから、たとえ従魔であっても、必然的にシャーロットとお別れすることになるわ。

「シャーロット、僕はお父さんやお母さんと一緒に暮らすよ。何か必要なときがあれば、いつでも召喚してね!!」

「ええ、今までありがとう。カムイも何か困ったことがあれば、従魔用の通信でいつでも連絡してくれていいから」

「わかった‼　楽しい冒険は一旦お預けだけど、これからもどんどん色んなところへ行きたい‼　シャーロットも聖女として落ち着いたら僕を召喚してよ」

カムイって〇歳児よね？　喋《しゃべ》り方と相手への気の配り方が、十歳児くらいに感じるわ。それだけの環境にいたということなんだろう。両親としては嬉しい反面、可愛《かわい》い時期を一気に飛び越しているから複雑な気分でしょうね。実際、ロベルトさんたちも苦笑いを浮かべているもの。

仲間とのお別れだから、もっとしんみりするかと思ったのに、彼女だけはカムイといつでも通信できるし、転移でも来られるのだから、涙を流す場面ではないのかもしれない。

でも、彼女にとっては初めてのお別れでもある。きっと複雑な胸中でしょう。

フランジュ帝国の面々との挨拶《あいさつ》も済んだところで、私たちはサーベント王国王都へ転移した。

〇〇〇

現在の時刻は夜七時、聖女帰還祝賀会がサーベント王国の王城の中庭で催されている。

私たちは、『クォーケス・エブリストロ』『ユアラ』『ミニクックイクイズ』の件でかなりお世話になっている。

特に後者において協力してもらった、シャーロットの持つ魔法技術と魔導具開発力には目を見張るものがあり、それは我々の固定概念を覆《くつがえ》すほどだった。

魔導具『お仕置きちゃん』。あんな小型なものを気づかれないよう下着へ仕込んだだけで、あの英雄トキワが悶絶《もんぜつ》するほどの一撃を与えられることを、我々は理解した。

要は使い方次第で、強者でも苦痛を味わわせることができる。これにより開発者側も、より広い視野を持てるようになったし、『お仕置きちゃん』自体も販売したことで、女性たちがこぞって購入するようになったわ。

本当なら今ここで、魔導具『一眼レフデジタルカメラ』で記録した厄浄禍津金剛のお仕置き上映会を開きたいところだけど、それをやってしまったら、やつとの関係も言わないといけない。シンシアの力は秘匿《ひとく》扱いとなっているから、大々的に上映できないのよね。貴族たちの爆笑映像を撮れないし、見られないことが残念だわ。

まあ、祝賀会を始める前に、私の家族と王族の方々には上映会を決行し、やつのお仕置きシーンを見せている。国王陛下や王妃陛下を含めた全員が映像に大爆笑し、その際の様子をバッチリ撮れたし見られたからいいんだけどね。

王族ともなると、みんながどういった場であろうとも、感情を抑制しないといけないので、日頃からストレスを蓄積させている。

だから、臣下の者がいない防音の効いた場所で、あの爆笑映像を見せたのよ。

私の事件が解決して以降、王家と私のミリンシュ家は、深い繋がりを持ち、友人という形で互いに笑い合える関係を保てるようになるまで回復している。

だからこその上映会。これが大成功となったわ。みんなが周囲を気にすることなく、普段見せない顔を見せ合ったことで、互いのストレスが激減したわね。

これも、全てシャーロットのおかげね。

あの子と出会えなければ、私は間違いなく死んでいた。

多分、ミリンシュ家そのものもなくなっていたでしょうね。

今回、私はシンシアの護衛としてではなく、一出席者としてドレスを着て参加している。こんな伸び伸びとした気分は久し振りだわ。シャーロットのところへ行くと、ちょうどクロイスとの談笑も終わったようだから、話しに行きましょう。

「あ、ベアトリスさん」

「楽しんでいるようでよかったわ。ここではアレを見せられないけど、ジストニス王国の方では、ネーベリックと深く関わった人たちと上映会をするのよね？」

これは祝賀会前にクロイスから聞いたこと。シャーロットと関係の深い、ケルビウム大森林にいるダークエルフやザウルス族たちを既に呼び寄せているようで、準備もほぼ終わっているとのこと。

一番驚いたのが『転移トラップ』による移動だ。元々ダンジョンに設置されているものを無理矢理引っこ抜き、クーデターにも利用していたらしい。ただ、その後の調査の結果、やはりシャーロットにしかできない芸当で、現在そのトラップ類は国宝指定されている。今回、それを利用したようね。

元々、ダークエルフ族はケルビウム山で暮らしていた。しかし、一部の人たちはそこでの暮らしがストレスとなっていたようで、山を飛び出し、長い旅路の果てでこの地に辿《たど》り着き、サーベント王国を建国した。

私も、アトカさんやイミアさん以外のダークエルフと会いたいところだ。でも、職務上ここを離れられないのよね。

「そのようです。久し振りに、ザウルス族のレドルカやダークエルフのザンギフさんたちと会えるので楽しみです。アレを見たら、全員が大爆笑すると思います。レドルカが、どんなツッコミを入れてくるのかも期待ですね」

レドルカ——アッシュがツッコミの上手いザウルス族って言ってたわね。

私も、興味あるわ。

私はそばにいるクロイスに声をかけた。

「私も行きたいところだけど、職務上無理なのよね。クロイス女王、後で結果を聞かせてくださいね」

「ええ、もちろんですわ!!」


楽しい祝賀会もあっという間に終わった。

そして翌日の昼前、私を含めたミリンシュ家と王族たち、そして王城にいる全ての臣下たちが勢揃いして、シャーロットにこれまでのお礼を言った。

その後、私たちはジストニス王国の王都へと転移していく彼女たちを見送るのだった。

23話　クロイスの感謝

シャーロットがロベルト様たちとどこかへ転移した後、私――クロイス、ベアト姉様、シンシア様の三人は白昼夢を見ました。

はじめは白い霧に覆われていましたが、霧が晴れると目の前に一人の男性がいました。私たちは、直感的にこの方が神ガーランド様だとわかり、跪《ひざまず》こうとしました。しかし、ガーランド様が『そのままでいい』と言われたので、私たちは立ったまま話しました。

おそらく時間的には、十分も経過していないでしょう。ですが、私たち三人にとっては、途方もなく長く感じられました。

最初、ガーランド様が謝罪されたので、非常に驚きました。ただ、あの腐れ神の事件のことを考慮すれば仕方のないことかもしれません。

謝罪の後、彼は『シャーロットに盛大なドッキリを仕掛けたい』と、私たちに言ってきました。私はてっきり、彼女がこちらへ戻ってきた直後に盛大なパーティーを仕掛けることを望んでおられるのかと思いました。

でも、ガーランド様は否定しました。

『クロイス、パーティーももちろんやるが、それは前座に過ぎない。シャーロットは結構敏感だからね。その辺はある程度予期しているだろう』

ガーランド様から語られたドッキリの内容は、あまりにも盛大すぎるものでした。今だからこそできると言っても過言ではありません。それに、神がこういったことで地上に干渉してくるとは、彼女も思わないでしょう。

○○○

「え、どうしてこんな高い位置にいるの⁉」

ふふふ、前座のドッキリ大成功です。

ここは、ジストニス王国の王都の王城入口ですが、私たちは王城を背にして、街の方向を向いています。シャーロットは、転移魔法で消費する魔力だけをガーランド様が肩代わりすると聞かされていたはずです。しかし、実は座標設定もガーランド様自らが行《おこな》っており、前もって転移場所には高い台を置くよう通達されています。だから、我々はそこへ一ミリの誤差なく転移され、こうしてみんなを見下ろすことができました。

王城への道は、大歓声を上げる大勢の人々で埋め尽くされており、少し後方には大きな横断幕が掲げられています。

『明日、故郷への凱旋《がいせん》!!　聖女様、我々はいつまでもあなたの味方です!!』

そうですね、私たち国民はいつまでもシャーロットの味方です。

「みんな……」

さすがのシャーロットもこのドッキリの驚きで、転移場所の違和感に気づいていませんね。

「ふふふ、あなたが戻ってくる日程を予測して、凱旋《がいせん》前日パーティーの準備を進めておいたんです。シャーロット、パーティー開始宣言をお願いしますね」

明日の正午、彼女は間違いなく故郷へ帰れる。横断幕に大きくそれが書かれているので、彼女自身もやっと実感が湧《わ》いてきたのでしょう。気づけば、彼女の両目から涙が流れ落ち、地面を濡らしています。

「みなさ～ん、ありがとう～～～。私、シャーロットは明日故郷へ帰りま～す。ここでの経験は、決して忘れません!!　アストレカ大陸でも、立派な聖女として生きていきますね～。凱旋《がいせん》前日パーティーの始まりで～～～す」

その瞬間、大歓声が周囲に轟きます。

「さあ、シャーロット、私たちも王城へ入りましょう。レドルカやザンギフたち、クーデターに参加してくれた主要メンバーが、あなたを待っていますよ」

「お～い、シャーロット～～～」

後方から、優しげな声が聞こえてきます。彼女も聞き慣れているせいか、急ぎ王城の方へと振り向きます。

「あ、レドルカ!! それに、ガンドルさん、レイズさん、トールさん、ザンギフさん、ロカさん、ヘカテさんもいる!!」

アッシュ、リリヤ、トキワ、ドレイクにも、事前にドッキリの件を全て打ち明けていますので、四人もシャーロットに注目し、微笑《ほほえ》んでいます。

さあ、パーティーを始めましょう!!

〇〇〇

今日は夜まで、ず〜っとパーティー尽くしです。クーデターに参加した主要メンバーと立食形式の昼食をとっている最中のこと。イミアが目敏《めざと》くアッシュとリリヤの距離感に目を光らせ、本人たちの目の前で『あらら〜意外と早〜い。どっちが告白したのかな〜? リリヤ? それともアッシュ?』と言い出すものだから、二人して顔を真っ赤にしていました。

私はリリヤ本人から既に聞いていますので、口出しはしませんでした。しかし、レドルカやロカたちが好奇心を剥《む》き出しにしたので、二人の告白のキッカケとなった、サーベント王国で催されたミニクックイスクイズというイベントについて、シャーロットが語りはじめます。

ジストニス王国にはない行事であったため、みんなが興味深々で、予選のクイズだけでも試してみたいという声が出ました。

私自身もベアト姉様やシンシア様から話を聞いただけのため、非常に興味があります。色々と話し合った結果、近日中にサーベント王国へクイズ関係の使者を派遣することも決まりました。

昼食後、シャーロットと私は護衛役のアトカとイミアを連れて、街の屋台巡りへ赴《おもむ》きました。私にとっては、今日までが休暇なので、四人で談笑しつつ、周囲の人々に挨拶《あいさつ》することも忘れることなく、久しぶりにヤキタリネギリなどの大好物を食べまくり、昨日に続いて、天国のような日々が続いています。

そして夕食後、いよいよメインイベントとなる上映会の始まりです。準備が整うまで、私は心を落ち着かせるため、一人会場からテラスへと抜け出て、夜空を眺めながら、これまでのことを振り返ります。今日この日までに得られた幸せいっぱいな気持ちを、凄惨《せいさん》な最期を迎えた私の家族や国民のみんなに伝えたいから。

「早いですね、あのクーデターから一ヶ月以上の月日が経過したんですね」

シャーロットと出会うまでは、『いつまで貧民街での生活が続くのだろう?』『私は実の兄を殺せるのかな?』『クーデターを起こし成功したとしても、大勢の仲間たちが私のために死んでしまう。民衆はそんな私を見て支持してくれるの?』と様々な疑問を抱いて生きてきました。

貧民街へ避難した直後は、食糧を確保するだけでも精一杯な状況でしたが、シャーロットと出会ってからは、全てが一変しました。

今のこの状況が、まるで夢のようです。

これこそが、私の求めていた理想の世界なのですから。

テラスから見える満天の星。五年前のあのときは、こうして空を見上げる余裕すらありませんでした。お父様、お母様、お兄様、私の大恩人とも言えるシャーロットが明日の正午、アストレカ大陸にある故郷へと帰ります。神様関係の事件も終息し、ひとまずハーモニック大陸の国々も安心して自国を治めていくことでしょう。

ですが、これは束の間の休息です。

シャーロットはいずれ大陸間の貿易を復活させたいと考えています。ミニクックイスクイズのクイズ作成中に判明したことらしいのですが、アストレカ大陸には私たちと同じ魔人族が隠れ住んでいるそうです。おそらく、その人たちは人間や獣人族たちを憎悪したままのはず。

彼女の夢を叶《かな》えるには、大陸に隠されている遺恨《いこん》を浄化せねばなりません。しがらみがいくつも絡んでいるため、すぐには解決できないでしょう。

彼女自身、力による解決を望んでいませんから、そういったしがらみを除去できるまで十年くらいかかるかもしれませんね。それが終わり次第、大陸間の話し合いが始まると思います。

ふふ、私の代で、世界レベルの大イベントが起こりそうですね。

「クロイス様〜、上映会の準備が整ったようですよ〜」

イミアが、私のいるテラスに入ってきました。どうやら『爆笑映像上映会』の始まりのようです。

そもそも、『魔石に保存された過去の映像を壁に投映する』という技術自体が、ジストニス王国に存在していません。このテラスは、みんなのいる会場と繋がっています。みんなはこれから何が始まるのかわからないようで困惑しているみたいですね。

上映の準備をしているアトカは中身を思い出したのか、今の時点で必死に笑うのを我慢しているらしく、少し不気味です。

「わかりました。イミア、今日は周囲のことを気にせず、とことん笑い合いましょう」

「へ、笑い合う？　話し合うじゃなくて？」

ふふ、イミアも私の言い方に不思議がっていますね。

「上映会が始まれば、その意味もわかりますよ」

私は会場へ入り、真剣な面もちになってみんなに語り出します。

「上映会を始める前に、お伝えしたい重要な話があります」

まず、みんなにクーデターのお礼を述べた後、ジストニス王国の抱えていた闇——『禿《は》げ』『凶悪ネーベリックの誕生秘話』『エルギスお兄様のご乱心』について話します。クーデター前に多少は話していたこともあり、特に混乱が起きることもなく、私はまだ明かしていなかったユアラの件を話していきます。

スキル『洗脳』を与えたユアラと、その陰で私たちの不幸を神界から眺めてほくそ笑んでいた厄浄禍津金剛について説明しました。そして、二人が地球出身で、またシャーロットも前世は地球で生きていたことを明かします。

私もフランジュ帝国でシャーロット自身から転生者であることを明かされたときは驚きました。

ただ、ハーモニック大陸へ転移された直後に前世の記憶を少しずつ思い出していったからこそ、ケルビウム山で心を壊すことなく、生き延びてこられたのでしょう。疑問に思っていた点があったのですが、これで全て埋《う》まりました。

これは私だけでなく、他のみんなも同じだったらしく、全員が納得していました。

黒幕『厄浄禍津金剛』の末路について、やはり出席者の中には納得できずに文句を言う者も多数いましたが、二人は地球に戻っているため、こちらからは何もできません。

「そこで、この上映会なのです!! こいつらのせいで憂《う》き目に遭《あ》い、大勢の人々が亡くなりました。みんなが、黒幕への怒りを抑えきれないのもわかります。今から見せるものは、シャーロットたちがその鬱憤《うっぷん》を晴らすために行《おこな》ったやつのお仕置き映像です。サーベント王国のアーク国王陛下から、専用の魔導具と魔石を貰《もら》いましたので、やつの末路を見ていただきましょう!!」

さあ、上映会の始まり始まりです。

「あはははは、イミア見てください。あれが、神様の絶叫《ぜっきょう》ですよ!!」

何度も見ても、お仕置き台で回る腐れ神の叫《さけ》ぶ表情がたまりません。

映像当初は、謎の威圧感と存在感で度肝を抜かれますが、シャーロットが男性の急所を蹴って以降、神としての威厳が全て消失します。さらに、服を破かれてからは、『本当に神なの？』と思わせるくらい……私たちを笑わせてくれます。アーク国王陛下は、この映像を別の魔石に複製し、私に譲渡してくれましたので、これを国宝指定して、これからは暇なときに見ようと思っています。

「くく……はは……もう我慢できない……あはははははは……なんなのよ、あの間抜け顔……あははは……こいつが黒幕の神？」

「でしょう？　そう思うでしょう？　私も磔《はりつけ》にされてから実物を見ていますので、今でも疑問に思いますが、正真正銘の神なのよ」

あちこちから拍手喝采《かっさい》の大爆笑となっていますから、みんなの鬱憤《うっぷん》も解消されると思います。これを、今は離れに住んでいるエルギスお兄様にも見せたかった。

夕食前、私はビルクを連れて、お兄様のもとへ赴《おもむ》き、そこで黒幕の厄浄禍津金剛とユアラの企み、二人がどこに住んでいるのか、真実を嘘偽りなく話しておきました。

お兄様もかなり驚いていたようですが、それ以上にビルクが明らかに動揺していました。事情を聞くと……まさか彼も地球からの転生者とは思いませんでした。私から、シャーロットもそうなんですよと打ち明けると、『やはり、そうですか』と言っていましたので、彼女については薄々感じ取っていたようです。

その後、あのお仕置き映像のことも話し、ここで見せることも可能と伝えましたが、『私に見る資格はない』と迷うことなく言い切り、決して見ようとしませんでした。それはビルクも同じです。彼自身はネーベリックと関わっていませんが、頑《かたく》なに自分の意志を貫き通しました。

ここにいない二人のことをいつまでも考えていても仕方ありません。

今は……とことん笑いましょう!!

シャーロットも、レドルカとともに大笑いしているようです。

「あははは、シャーロット、笑いが止まらないよ。よくこんな凝《こ》った仕掛けを思いついたね。アッシュもリリヤも本気で怒って神を回しているよ、あはははは、黒幕ざまあみろだ～～～」

「レドルカ、面白いでしょう～。こんなふざけた神には、プライドを地に堕とすくらいのものを用意しないとね～～～」

ザウルス族のレドルカ、ダークエルフ族の族長やザンギフたち、こうしてみんなが笑い合える光景こそが、私の求めていたものです。

この神の自分勝手な思惑で、エルギスお兄様はユアラに利用されてしまい、ネーベリックを凶悪化させ、両親たちは食べられてしまいました。大勢の死者が出て、国そのものが崩壊しかけましたが、今日のこの光景を見て、全てが解決したことを実感します。

ここからは私も、国のトップとして、みんなに支えてもらいながら、この国を立て直さねばなりません!!

シャーロットのおかげで料理分野でも革命が起き、人々の士気は今までにないほどに高いです。

ただ、王族だけでなく貴族も、時にはこうした笑いも必要です。昨日の上映会、あの厳格なアーク様やアレフィリア様も普段笑えない立場ですから、感情剥《む》き出しで大笑いしたのは初めてだと仰《おっしゃ》っていました。あのときの心からの笑顔は、私の記憶に鮮明に残っています。

民衆の暮らしを守る王族という立場上、臣下の前では絶対に揺《ゆ》らいではいけない。私たちであれば、どんな難題でも解決できるという力を見せつけなければいけない。

ですが、それを四六時中周囲に見せていたら、いつか身体を壊してしまいます。

かといって、穏やかな場所で休息を取るという行為も早々できません。身近なところで、何か癒《いや》しさえあれば、私たちもリラックスすることができます。

時折、私もマッサージなどを実施していますが、アレだけでは足りません。リラックスこそできますが、中に溜《た》め込んでいるものを全て吐《は》き出せていない気がします。

昨日の上映会終了後、そのことでシャーロットにも相談したところ、彼女がヒントを与えてくれました。

『動けないのであれば、「面白爆笑映像」を集めさせればいいんですよ』

はじめこそ何を言っているのか理解できませんでした。しかし、彼女が詳しく説明してくれたことで、私やアトカだけでなく、アーク様を含めた全ての王族たち、ミリンシュ家の方々全員が興味を示しました。ただ、実行するには少し時間がかかります。

・動画撮影が可能な一眼レフデジタルカメラ並みの性能を持つカメラを、もっと安価にして、平民にも普及させる。
・録画保存用の空間属性魔石も、何らかの方法で量産し普及させる。
・王家主催で、『面白映像大賞』なる大会を開催し、今見ているようなみんなを笑わせる映像を国中から集める。いくつかの賞を設定し、賞に輝いた映像の送り主には金一封を贈呈する。
・審査員が映像を審査しつつ、その中でも選りすぐりのものだけを選び抜き、裏で王族にも見せる。その目的は、王族たちを大爆笑させることで、日頃から抱えるストレスを発散させるというもの。

このシャーロットの提案したプランは、決して不可能なことではありません。近い将来、必ず実現できるものです。だからこそ、みんなが乗り気になりました。この企画に関しては、シンシア様がトップに立ち、おそらく今日にも動きはじめているはずです。

ここジストニス王国でも、そういった民を活性化させるイベントを考えないといけませんね。

○○○

翌日の正午前、私たちはシャーロットとともに、転移してきた場所である王城入口へと歩いていきます。国民には既に通達していますので、大勢の人々が昨日と同じ場所で聖女を待っていることでしょう。

「あのクロイス様、この服を着て帰還する必要を感じないのですが？」

ふふふ、クーデター後に催された私の女王戴冠式でもドレスを着てもらっていますが、聖女の正装ともいえる服が、あの一着だけでは心許《こころもと》ありませんでした。こうして、彼女の銀髪が映える聖女用ドレスを三着製作しておいてよかった。

「何を言っているんですか!!　アストレカ大陸でも聖女として既に知られているのですから、きちんと正装してから帰還しないといけません!!　それにそういった服装で帰還すれば、ご家族も驚きますよ。なにせ、向こう側の我々に対する認識は、凶暴で野蛮人なんですから。そういった悪印象をなくすための最初の一歩なんです!!」

ふ、どうですか、私の考えた正論は!!

「確かに……その通りかもしれませんね。ある意味、ドッキリにもなりますし」

そう、この日のドッキリのために、私の一番お気に入りの服を着せたのですよ!!

この後の、彼女の驚く顔をこの目で見られないのが残念です。

ベアト姉様からも、『あなたが一番重要な役目を担《にな》っているから、くれぐれもバレないように』と言われていますからね。

「うわ!!　昨日と同じ台が設置されてる!!　みんなが注目している中、転移魔法を使うのか……う～ん、やりにくい」

国民には、『転移魔法』は聖女にしか扱えない特別なものと伝えています。突然消えても問題ありません。

「そういえばシャーロット、みんなとの別れの挨拶《あいさつ》は済ませましたか？」

「あ、それなら大丈夫です。それに、召喚魔法『従魔召喚』が存在していますから、もしかしたらと思い、昨日のうちに色々と試したら、魔法『仲間召喚』とユニークスキル『仲間通信』を新たに入手しました」

「仲間召喚と『仲間通信』!!」

そんな魔法とスキル、聞いたことありませんよ!?

私がアトカとイミア、アッシュとリリヤ、トキワとドレイク（ドラゴン形態（小））を見ると、全員苦笑いを浮かべています。つまり、私だけ聞かされてなかったようですね。多分、神ガーランド様は、これからの彼女の動向を考えて、これらを授けたのかもしれません。

「一定の信頼関係を築いた仲間と、従魔通信と同じ方法で連絡を取り合うことができるようです。また、その仲間の承諾があれば、どこであっても私のもとへ召喚可能です。当然、元の場所にも戻れますよ」

『長距離転移魔法』を自力で入手しましたし、彼女の魔力量を考慮すれば、こういった魔法を習得させておいた方が、後々便利だとガーランド様も考えたのでしょう。ガーランド様も、意外と過保護な一面があるのですね。

「あなたには、驚かされてばかりです。さあ、あなたとドレイクは台に上がってください。国民に、別れの挨拶《あいさつ》をお願いします」

私にとっても辛《つら》い別れのはずなんですが、全然その辛《つら》さを感じません。アトカたちを見ると、私と同じ気持ちなのか、誰も泣いていません。『長距離転移魔法』『仲間召喚』『仲間通信』――これらがあるのですから、いつでも会えますし、連絡も取り合えます。

そりゃあ、涙も出てきませんよ。

さすがに、そういった事情を知らない国民は、今日で聖女シャーロットとお別れになります。ですから、女性のほとんどが泣いており、男性は笑顔で帰還させようと激励の声を送っています。

「みなさん、本日をもって、私シャーロット・エルバランは故郷エルディア王国へと帰還します。ただ、これだけは覚えておいてください。私は、クロイス女王様といつでも連絡を取れる手段を持っています。ですから、誰にも解決できないような非常事態が起きたとき、私は必ずここへ駆けつけます!!　必ずです!!　今後も定期的に訪れる予定ですから、またどこかでお会いできると思いますよ」

あまり頻繁《ひんぱん》に来られても困るような?

まあ、彼女に限ってそんなことはしないでしょう。

シャーロットと出会い、様々な経験をしてきましたが、彼女とは今後も深く深く関わっていくことになりそうです。

シャーロットは、『ケルビウム山に住むレドルカやザンギフたち』や『クーデターで知り合った人たち』にお別れの挨拶《あいさつ》を済ませると、最後にパーティーメンバーでもあるアッシュ、リリヤ、トキワの三人を舞台へと上がらせました。そして、互いに握手を交わし、日頃の感謝の念を伝え合い、アッシュとリリヤもお別れの言葉を告げます。

「まさか、こんな短い期間で目標を達成するとは思わなかった。シャーロット、君は僕の命の恩人だ。アストレカ大陸で何か困ったことがあったら、いつでも連絡してほしい。そしてドレイク、シャーロットが暴走しそうになったら、君が彼女を止めるんだ」

アッシュの目は真剣です。

これまでの経緯を考えたら、故郷で暴走する可能性は十分にありえます。

「無論だ、任せろ。デッドスクリームやドールマクスウェルからも言われているからな」

カムイが両親と出会えた以上、シャーロットのそばに控えているドレイクだけが、頼みの綱です。

多分、色々と苦労を強《し》いられるでしょう。

アッシュの話も終わり、次はリリヤの番のようですね。

「私も、あなたと出会えてなかったら、力を制御できていなかったと思う。私たちはもっと強くなり、あなたに頼られる存在になってみせるからね!!　故郷へ帰還しても頑張《がんば》ってね」

この二人であれば、いつでも通信できると思いますが、それでも一時の別れとなりますので、アッシュとリリヤも涙ぐんでいます。トキワは師コウヤ・イチノイから言われた言葉をそのままシャーロットに伝え、これからの人生を生きていく上での忠告を与えます。

「最強の力を手に入れても驕《おご》るな、決して傲慢《ごうまん》になるな。それだけで、全てが一変するぞ。自分の立場を深く理解して行動を起こすんだ」

彼の言いたいことは、わかります。トキワ自身もシャーロットと同じく、システム限界を超えた強さを手に入れたようで、心が浮ついているところへ、師に注意されたと言ってましたから。彼女の場合、その力は十倍以上もあるのです。言われて当然ですね。

そして、最後に私とも握手を交わします。私からお別れの言葉を告げると、彼女は少し涙を浮かべ、女神のような微笑《ほほえ》みを見せて——私の目の前で『転移』と言い、従魔のドレイクとともにこの場からいなくなりました。

ありがとう、シャーロット。

アストレカ大陸での生活も頑張《がんば》って。

私は、あなたをいつでも応援しています。

24話　シャーロット、念願の故郷へ帰還する

いよいよ、故郷であるエルディア王国エルバラン領にある生家へ転移する。私がクロイス様の前

で『転移』と告げると、景色が一変する。

いよいよ家族と再会できる……と思ったのに、そこは案の定、ガーランド様のいるいつもの部屋だった。

ドラゴン形態（小）のドレイクは、事前に考えた場所と全く異なっていたためか動揺している。

正面にいる男性が誰かもわからないようだ。

「ドレイク、彼が神ガーランド様だよ」

「は!?　あの男がガーランド様？」

まあ、驚くのも無理ないね。今回は、私の精神だけでなく身体そのものをここへ引き込んだから、一緒にドレイクもここへ連れてこられたのだ。

「まさか……主人が転移される前に、私も神から罰を受けるのでしょうか？」

あらら、変に勘違《かんちが》いしているようだ。

「私は何もしない。君は、既に罰を受けているだろう？」

ガーランド様自身が否定した。

ドレイクは、あからさまに胸を撫《な》で下ろす。

「時間というものは、長いのか短いのか、ついにこのときが訪れたか。この大陸間の転移の際、ここで初めてシャーロットと出会った。こうして元の場所へ帰還する記念すべき瞬間に、もう一度話したいと思ったから、君たちをここへ連れてきた」

そうだったね。イザベルの件でここで初めて出会い、土下座謝罪されて、事情を説明された後、ケルビウム山の上空一万二千メートルに転移されたんだ。

「結局のところ、初めから最後まで、全部あなたの尻拭《しりぬぐ》いをしてきたことになりますね」

イザベル、オーキス、エルギス様、ベアトリスさん、シンシアさん、ユアラ、厄ちゃん、全部この神のいい加減さが原因で起きたことなんだよ。システムの防犯をもっと強固にしていれば、外敵の侵入を防げて、厄ちゃんとユアラによる災害も発生しなかったのに。

「すまない……まさに君の言う通りだ。だからこそ、未来のことも踏まえて、魔法『仲間召喚』とスキル『仲間通信』を授けたんじゃないか」

「ああ、やっぱりそうなんですね。色々と調査していたら、勝手に習得したからおかしいと思っていたんです」

でも、あれらは非常に有用だ。自分の夢を叶《かな》える上で、間違いなく必要となる。

「君に大迷惑をかけたが、君の冒険はこの転移で一区切りとなる。私の方も、今回の事件がキッカケで、監視がつくことになってね。今後、よほどのことがない限り、私は姿を見せないし、通信すらできなくなる」

そりゃあ、地球の神々を巻き込んであれだけのことを仕出かしたら、監視もつくだろうね。そうなると、私の方もユニークスキル『簡易神人化』と『簡易神具制作』も使用不可となるわけか。まあ、再びどこかの神が乗り込んでこない限り、一生使うことはないでしょう。

「少し残念な感はありますが、仕方のない処置ですね。全部、あなたが悪いんですから」

「私も反省している。ところで、君は生家に転移して、ご両親を驚かせようとしているのかな？」

あ!!　さては、クロイス様との会話を全部聞いていたな!!

「そうですけど？」

「君は、聖女として立派なドレスを着ている。そんな君が使用人しかいない生家へ突然帰還したら、寒〜〜い奇妙な間が続いた後、相手は茫然自失《ぼうぜんじしつ》となり、後に大混乱を引き起こすだろうね。それは、君の考えたドッキリと違うんじゃないかな？」

お父様やお母様がそこにいるものだと思って転移魔法を使ったけど、肝心の家族が誰もいなかったら……寒い目で見られるのかな？　フレヤと出会ったときに、エルバラン領にいると聞いたから、今でも滞在していると思っていた。学園に通っているお兄様はともかく、お父様とお母様はどこに行ったのだろう？

「安心してほしい。今日だけ、私が干渉して、転移位置を君の家族のいる場所へと変更してあげよう」

「え、いいんですか!?」

ある意味、今日で最後の会談だからか、大盤振る舞いだ。それだけ私に、大迷惑をかけたことを実感しているのかな。

「構わないさ。ああ、それと改めて君の称号に、『大聖女』を追加しておいた。今の君の存在は聖女以上だから、他と区別しないといけない。フレヤの持つ称号『聖女』に関しては、同じ効果を持つ『聖女代理』に変更してある。万が一、魔法『真贋』でステータスを見られたとしても、今後どちらも怪しまれることはない」

おお、至れり尽くせりとはこのことだね。

ガーランド様は、私とフレヤのことも考えて、色々と配慮してくれたのか。

「ありがとうございます。私としても非常に助かります」

『大聖女』か、今後他の聖女とも会うだろうから、違いを明確にするためにも、やはりいつかは自分の強さを見せないといけないかもね。

「そろそろ、お別れの時間か。あちらの準備も万全のようだ」

あちら？　準備？

「ああ、気にしないでくれ。こっちのことだから。さあ、家族のいる場所へ転移させてあげよう。場所に関しては、転移されてからの楽しみでいいだろう。君の冒険の第二幕が、どんなものになるのか、ここで観察させてもらおう。ああ、もちろん、きちんと管理もしていくから心配しないでくれ。さよならだ……シャーロット」

色々と振り回されもしたけど、結果的に、私は転移されてよかったと思う。

「ガーランド様、私は自分の夢を実現させるため、これからアストレカ大陸も賑《にぎ》やかにしていくと思います。目指す世界は『大陸間の国交回復と平和』。アストレカ大陸にはまだまだ欲深い者たちが大勢いるはずなので、私が生きている間にそいつらを全員粛清《しゅくせい》し、差別のない世界を作り、私が死んだ後でも、その平和がいつまでも続くようにしたいと思います。せっかくこの力があるのですから、思う存分自分自身を利用しますよ」

前世の知識と強大な力があるのだから、これを社会貢献に使い、全ての膿《うみ》を排除してから縦（身分）と横（国家間）の繋がりを強固にしていこう。まずは、大陸内に隠れている魔人族たちを捜し出して、そちらの状況を聞き、ハーモニック大陸のことを教えてあげよう。復讐したい相手が何者であるのか、相手側の心境を知ってから、私も動けばいい。

「君なら、本当にやりかねない。頑張《がんば》りたまえ」

その言葉の後、光が周囲を覆っていく。

いよいよ、家族との再会だ!!

お父様、お母様、ラルフお兄様、マリル、リーラ、オーキス、今そっちに行くからね!!

○○○

転移された場所、私とドレイクの周囲だけがぽっかりと円形のようになっていて誰もいない。ただ、十メートルほど離れた位置には、大勢の人々がおり、私を見た途端、大歓声が巻き起こる。

ジストニス王国で見たものと似たような横断幕『聖女様のご帰還、我々はこの日が訪れることを待ち望んでおりました』がデカデカと掲げられており、全員が私の帰還を祝福してくれているのがわかるのだけど……なぜ帰還する日と時刻を知っているのよ!!

「シャーロット様、正面から四人の人間がこちらへ近づいてきております」

ドレイクが声を上げた。

転移された直後から、周囲をキョロキョロと見回していたせいで、正面に誰がいるのか見ていなかった。

「あ……お父様、お母様、ラルフお兄様、マリル!!」

私の正面には、会いたいと待ち望んでいた家族がいる。それにその周りには、フレヤ、オーキス、リーラ、五歳の祝福時に知り合ったニナ、エリア、カイリもいる。彼ら全員が立派な服を着て、私を出迎えてくれている。

というか、なぜ私の知り合いが身分に関係なく勢揃いしているの？

そして、ここはどこなの？

私の正面には、ジストニス王国とは違った建築様式の立派なお城があるから……まさかエルディア王国王都の王城の中庭!?

「シャーロット、やっと会えたな。私は、この日を待ち望んでいたよ」

お父様、相変わらずかっこいい。私の生まれる前に、お祖父様とお祖母様が亡くなり、若くして公爵の地位を継承したことで苦労を強《し》いられたと聞いている。でも、私が生まれた時点から見れば、ずっと立派な公爵様だ。

「半年……約半年よ……やっと自分の娘と再会できた」

お母様、私がいない間、ずっと心労が絶えなかったよね。

心配かけてごめんなさい。

連絡もせずごめんなさい。

「シャーロット、おかえり。ずっと、この日が来るのを待っていたよ」

お兄様が爽《さわ》やかな笑顔で、私に優しく語りかける。

「シャーロット様、まさか長距離転移魔法を自ら習得して戻ってくるなんて……私が短距離転移魔法を使いつつ、あなたを迎えに行こうと計画を立てていたんですが……元気そうでよかったです」

知り合いの中でも、マリルだけがメイド服を着ている。彼女も何らかの方法で、転移魔法の存在を知ったんだね。イザベルを説得し、無傷で捕らえた後、どうなっているのか全く聞いてない。とはいえ、元気に暮らしているようでひと安心だ。

こうやって家族と再会したことで、私はようやく帰還できたと実感したのか、どんどん涙腺《るいせん》が緩んできた。

「お父様……お母様……お兄様……マリル」

お母様が私の背に合わせるように屈んで、両手を広げてくれる。

私は、お母様の胸に飛び込む。

「シャーロット・エルバラン、ただ今ハーモニック大陸から帰還しました」

「「「おかえり、シャーロット」」」

「おかえりなさい、シャーロット様」

私はお母様の胸の中で泣いた。

私の夢の一つが叶《かな》ったのだから当然だ。

やっと、故郷へ帰ってこられたのだ!!

ここに至るまでの光景が、まるで走馬灯のように思い浮かんでは消えていく。転移当初は死にかけた。でも、その後様々な人々と出会い、多くの経験を積んだことで、私は身も心も強くなれた。

「ねえシャーロット、あなたの隣にいる小さな銀色のドラゴンさんは……まさかとは思うけど、従魔なの？」

「あ……はい」

私はお母様から少し離れ、ドレイクを紹介する。

「お初にお目にかかります。私はフロストドラゴンのドレイク、崇拝する我が主人シャーロット様の忠実なる従魔の一体です。他にもたくさんの者がいますが、私が代表してご挨拶《あいさつ》させていただきます」

私の従魔の中でも、デッドスクリームとドレイクが最も礼儀正しい。貴族にも匹敵《ひってき》するほどだからか、みんなが小さなドレイクを見て驚いている。そんな中、マリルが一歩前に出てきて、私たちに語りかける。

「シャーロット様、フロストドラゴンって……まさかAランク指定されている魔物で、一体だけで街一つを全て凍《い》てつかせることができると言われている、あのドラゴンのことですか？」

アストレカ大陸の国々は、ランダルキア大陸の国々と貿易をしている。あの大きな大陸を経由していることもあり、魔物の脅威度ランクに関しては、三大陸全て共通している。

「そうだよ。でも、彼は私に忠実だから、そんな行為はしないから安心してね」

「私は、もうそんな愚かな行為をいたしません。ただ、シャーロット様を害する者がいれば、全て凍《い》てつかせ粉々にしますが」

さらっと毒を吐《は》くドレイク。これくらいの威嚇《いかく》なら別に注意しなくてもいいかな。マリルとしては、まだまだ聞きたいこともあるようだけど、それ以上何も言わず引き下がる。小さなドラゴン形態のドレイクだからこそ、みんな驚くだけで、そこまで怖さも伝わっていない。いつかは他の従魔たちも召喚して、紹介したいところだ。

「ところでお父様、私がこの日この時間に帰還することを、どうして知っているのですか？」

「うん？　ああ、それはね。神ガーランド様が、聖女代理フレヤ様とマリルに神託を与えてくださったからだよ。『ドッキリを敢行して、シャーロットを驚かせよう』という内容で、初めて聞いたときは私も驚いた」

え⁉

あの神が全部仕掛けたってことなの⁉

そんな理由で、地上に干渉してもいいものなの⁉

「さあ、積もる話はこの王城の庭で催される聖女帰還パーティーで話しましょう。今日一日、王都全土が聖女の帰還を祝う盛大なパーティー会場となるわ」

用意がよすぎるよ‼

一日でできる準備じゃない‼

しかも、まさかの三日連続パーティー⁉

ガーランド様、まさか長距離転移魔法を入手する前から、私が訪れる予定の国々で仕掛けていたの⁉

25話　聖女帰還パーティー

あの神様には、やられたね。多分、サーベント王国やジストニス王国にも、何らかの方法で神託を下《くだ》したんだ。だから、クロイス様は私に聖女としての正装をするよう、必死に訴えてきたんだ。彼女の言う正論に、まんまと騙《だま》されてしまった。まあ、今となっては、その意味を十分に理解している。

だって、私の目の前に、王族が勢揃いしているのだから。あの冒険服でも十分上品に見えるけど、この場には少し合わない。

お父様からブライアン・エルディア国王陛下、ルルリア・エルディア王妃様、そして王太子様や第二王子様を紹介されると、私も慌《あわ》てて王族へ礼を行い、自己紹介する。

やや雑な挨拶《あいさつ》ではあったものの、公爵令嬢としての礼儀を忘れていなかったため、涙ぐんでいるお父様やお母様から注意されることもなかった。

そして、今回の聖女帰還は、ジストニス王国同様、王都全域に伝わっているようで、平民エリアの方でも私の帰還を今か今かと待っているらしい。そこで私が拡声魔法を使い、王都全土に帰還したことを伝えると、遠くから大歓声が盛大に沸《わ》き起こる。

続いて、国王陛下も拡声魔法で『これより聖女帰還パーティーを開催する!!』と言い放つ。すると、再び大歓声が聞こえ、周囲にいる一部の人々も自分の持ち場へと戻っていく。

人が少なくなったことでわかったけど、中庭での立食形式のパーティーのようで、料理も既に並べられており、準備万端という状態だ。神託を受けたことで、食材も招待客も全て揃っている。まずは、招待客たちは私に挨拶《あいさつ》すべく、身分の高いものから順に列を成していく。

友達の中で、はじめに言葉を交わしたのはリーラだ。彼女も上品なドレスを着ており、髪色と見事にマッチしている。

「シャーロットが遠い場所へ転移されたと聞いたとき、二度と会えないと思って落ち込んだわ。精霊様に聞いても何も教えてくれなかった。でも、時折笑い転げていたときがあったの。隠れて盗み聞きしたら、『シャーロット』『タコ殴《なぐ》り』『落とし穴』とか……」

それ、クーデター時に起きたイベントの一つだよ!!

「『鳥啄《とりつい》ばみ』『プロレス』『クイズ』『熱湯』……つい最近だと、『ルーレット』『吹き矢』とかがあるわ。私が、そういった言葉をオーキスやマリルさん、エルバラン公爵様に伝えたら、みんなはあなたが元気に生きているということを確信したの!! でも、それと同時に、それらのキーワードがシャーロットとどう繋がっていくのか、全く想像できなかったから、違った意味合いで不安になってきたの」

聞けば聞くほど、心当たりのあるものばかりじゃん!!

精霊様は離れていようとも、互いの情報を交換できる能力を持っている。だから、私やリリヤさんの行動を見て笑っていたのね。

「リーラ、それ全部私と関係のあるものばかりよ」

「やっぱり!? 後で、絶対に教えて!!」

今は挨拶《あいさつ》の時間だから、さすがにこれ以上話はできないか。次に私のもとを訪れたのはフレヤだ。どうやら聖女代理は、伯爵相当に該当するようだ。彼女は聖女代理として、意外と可愛《かわい》らしい黄色のドレスを着ている。

「シャーロット様、フレヤ・トワイライトと申します。現在、聖女代理として教会に所属して働いております」

フレヤ自身、ここで言っていいものか躊躇《ためら》っている感じがするので、私から言わせてもらおう。

「こうして会うのは初めてだけど、一応三日ぶりかな？」

彼女とは大霊樹の試練で一度会っているのだけれど、彼女自身からはみんなにその事情を伝えていないようだ。隣にいるマリルが不思議がっている。

「シャーロット様、それはどういう意味ですか？」

「実はね、長距離転移魔法を習得するには、人それぞれに用意された試練を乗り越えないといけないの。私に下《くだ》された内容は、フレヤと出会い、話すこと。ガーランド様の特別な計らいで、幽体となった私は、三日前王都の教会を訪れていたのよ」

この言葉に、なんと話を聞いていた全員が驚いた。ただ、その後に続く『だから、あれらの言葉を出すなと仰《おっしゃ》ったのか』という言葉に妙に引っかかりを覚える。

「マリル、みんなの言葉が妙に気になるのだけど？」

私の疑問の答えをマリルなら知っていると思い質問したら、彼女は苦笑いを浮かべる。

「あはは、実はですね、神託を受けた際、『シャーロットが帰還するまでは、王都において絶対に〝シャーロット〟〝聖女〟〝帰還〟〝パーティー〟〝ドッキリ〟という言葉を使わないように』と強く言及されていたんです。当時、意味がわからなかったのですが、一度ここへ来られていたのですね。だから、みんなが納得しているんですよ」

あの神～～～、私が幽体として来た時点で、もうみんなに報《しら》せていたのか!!　だから、平民の人たちが祭りの準備をしているとき、何か奇妙な違和感があったのね。

「そういうことか。フレヤ、私もガーランド様から改めて『大聖女』と言う称号を貰《もら》えたから、これからは二人で頑張《がんば》ろうね」

みんなが、私の言葉一つ一つに沸《わ》いてくれる。私がイザベルに、称号『聖女』を盗まれたことは世間に知られているようで、その点を心配していたのだろう。これで私が正真正銘『聖女』と名乗れるから、他国も文句を言ってくることはない。

そこから別の人々と話していき、ついにオーキスの番が来た。彼も私の帰還に合わせたのか、上等な平民用の服を着ている。彼の持つ称号『弱者』を『勇者』へと構造編集しているのだけど、現状その件が王族に伝わっているのか、私にもわからない。ニナ、エリア、カイリもいるから、平民の代表者としてここにいるのかもしれない。

「オーキス、久しぶりだね。話し方に関しては、出会ったときと同じようにして構わないよ」

リーラの幼馴染《おさななじみ》だから、私も同じ口調で話している。一方のオーキスは周囲の面子《メンツ》もあって、大いに動揺している。

「いいのかな？」

「私が許可しているのだからいいの、いいの。ちなみに、ハーモニック大陸の王族の方々とも、きちんと礼節を守り、敬意を込めて話をしているけど、最後にはこんな感じで話し合っていたからいいの」

それを聞いたオーキスも、マリルも、お父様たちも、王族たちも大層驚き、そっちの話を聞きたいのか、そこから落ち着きがなくなっていく。

「いや……それは逆によくないんじゃあ？」

オーキスも、どう返したらいいのか困っている。

「ふふふ、大丈夫なんだな。ある国の王族の方々とは、一緒にクーデターをして勝利を収めたし、別の国では、国際指名手配されている侯爵令嬢と一緒に王都に乗り込んで王族と直談判したり、さらに別の国では私の従魔が帝都の上空で少し暴れて、その後私が巨大化して従魔たちにお仕置きしたりと色々あったものだから。現在では三カ国の王族方に顔を覚えられて、聖女としてあっちの国民からも崇拝されているんだよ」

う〜ん、話せば話すほど、うちの家族と王族たちの顔色が悪くなっていく。多分、顔の覚えられ方に疑問を持ったに違いない。厄ちゃんの話を省略した上で、後で辻褄《つじつま》が合うよう説明しておこう。

「いやいやいや、それならなおさら、僕や後ろにいるニナたちが普通に話してはいけないと思うよ!!」

う〜ん、このツッコミの響きが懐かしく感じる。この大陸でのツッコミ役は、オーキスで決定だね。アッシュさん、あなたの代役が見つかりましたよ!!

○○○

オーキス、ニナ、エリア、カイリは初めこそ緊張していたものの、私や家族がずっと笑顔でいるため、緊張も解《ほぐ》れ、普段通りになった。

周囲の貴族やそのご子息とご息女方は少し怪訝《けげん》な顔をしていたけど、私が許可を出し、家族が何も言わないこともあって、オーキスたちが別の場所で責められるということもなかった。

念のため、ドレイクを彼につけておいたので、この四人は大聖女の加護があると思われ、今後どこかで出会ったとしても、何も言ってくることはないだろう。

全ての挨拶《あいさつ》を終えると、案の定お父様、お母様、ブライアン国王陛下、ルルリア王妃様が、オーキスとの件で話したことを問い詰めてきた。そこで、ネーベリック、ベアトリスさんとシンシア王太子妃、ユアラの件を話していく。

厄ちゃんは神なので存在を除外し、全てユアラの差し金ということにした。

私の巨大化に関しては、ユアラを捕縛《ほばく》する際、従魔たちが少しやりすぎたので、お仕置きとしてお尻を叩《たた》き、それを国民全員に見せるため巨大化したということで、なんとか納得してもらえた。

私がそれらに関わり、全て解決させたために顔を覚えられたことを伝えると、話を聞いていた全員がホッと胸を撫《な》で下ろす。お父様やお母様も、娘が向こうで何を仕出かしたのか気がかりだったようだ。

「そうか、それならよかった。しかし、そうなるとハーモニック大陸に住む『魔人族』も我々と同じだな。こちらで伝わっている野蛮で凶暴というイメージは、どこから伝わったものなんだ？」

お父様の疑問ももっともなので、私は向こう側で伝わっている二百年前の真実を打ち明けると、家族を含め、王族の方々も驚いていた。

ただ、ブライアン国王陛下とルルリア王妃様だけが、納得した顔をしている。

二人は四十代前半とお父様たちより年上だけど、実際の年齢よりも若く感じる。

「我々の調査結果と似ている。『歴史の改竄《かいざん》』。全ては獣人の統治するガーランド法王国の仕業か」

ガーランド様の名前を使った国か、あの方からその名称を一度も聞いたことがないので、思い入れとか別にないのかな？

「そうね、あの国の貴族や王族たちは獣人こそ全てと思っているから、二百年前の敗北を恥として大陸内に広められないよう、何か手を打ったんでしょう」

国王陛下も王妃陛下も、何やら悩んでいるご様子。どうもその国からはきな臭いものを感じる。

ここで一石を投じておいた方がよさそうだ。

「皆様、一応言っておきますが、二百年前と違い、今の時点でこちらから戦争を吹っかけたようものなら、まず間違いなくアストレカ大陸側が敗北しますよ。なぜなら、魔人族の中には、たった一人で一国を滅ぼせる力を持った人が二名いるからです」

私の大胆発言により、みんなが驚きの声を上げる。

「しかも、大陸の中には知能の高いSランクの魔物が最低でも七体以上います。彼らは、国々の王族とも親しいので、当然戦争に参加するでしょう。はっきり言いますが、戦力が桁《けた》違いなんです。

二百年前のような騙《だま》し打ちも不可能です」

実際に見てきた私が宣言するものだから、誰もが恐怖を感じてしまい、言葉を発しようとしない。

まあ、Sランクの魔物たちの参戦はまずあり得ない。これは私なりの脅《おど》しだ。リーラが長い沈黙を打ち破り、私に質問してくる。

「ねえシャーロット、あなたはその人たちや魔物を全員知っているの？」

「ええ、知っているわ。一人（コウヤ）を除き、全員が私のお友達だもの。もし、戦争となった場合、理由次第では、私もどちらにつくのかわからない。私にとって、エルディア王国もジストニス王国も故郷なのだから」

今の時点で、私は強さを打ち明けていないから、私一人が向こう側に立ったとしても、攻撃面では大きなマイナスにならない。ただ、求心力が著《いちじる》しく低下するのは間違いない。

「君は、ここに王族や大勢の貴族がいるというのに、全く動じないのだな」

「ブライアン国王陛下、ハーモニック大陸でそういった方々とは何度も会談を行いましたし、何よりも神ガーランド様とは何度も会い、話し合う間柄なので、ここで動じることはありません」

「ふむ、それはわかる。だが、それだけではあるまい。その発言で、君自身の命が危うくなる可能性もあるのだぞ？」

さすが王様、私自身が全く危機感を覚えていないことに気づいたようだ。

「確かに、そうかもしれません。しかし、私が帰還した以上、ガーランド法王国や他の国々も、必ず動いてくるはずです。今真実を打ち明けておかないと、アストレカ大陸にいる全員が大きな過《あやま》ちを仕出かす可能性が高いのです!! 今から、戦争の真実自体を覆い隠した状態で、『魔人族』の印象に誤りがあることを各国に打ち明けていけば、大陸間の戦争も起こりませんし、エルディア王国への非難も少ないでしょう。そして、魔人族たちがどういった方々なのか、私はその揺《ゆ》るぎない証拠を持っています。これを見せれば、確実に悪印象が取り払われるはずです!!」

デジタル一眼レフカメラを借りて以降、時間のあるときに撮った仲間の写真と仲間や国民たちの動画を、もちろん各国から許可を得たものだけ別の魔石へ複製してもらっている。私の言葉にどういうわけか、全員が気圧《けお》されている。

「驚いたな。君は八歳と聞いているが、その言動は子供のものとは思えん。さっきの話を聞いて思ったが、相当な修羅場を潜り抜けてきたのだな」

前世持ちの影響が多分にあるのだけど、国王陛下やみんながそう思っているのなら、あえて何も言わない。魔人族の悪印象を拭《ぬぐ》い去ってから、戦争の真実を打ち明ければ、多分大陸内でゴタゴタが起こるだろう。でも、それが外に漏れ出ることはないと思う。

私が魔人族たちの写真や動画を壁に投映していくことで、アッシュさんやリリヤさん、カムイ、他の人々が笑う場面、ジストニス王国やサーベント王国、フランジュ帝国の街の風景が映し出されていく。みんなが笑い合う魔人族を見ていくことで、これまで伝えられてきた悪印象が払拭《ふっしょく》されていくのがわかる。さすがに、これを見ただけで全てを拭《ぬぐ》い去ることはできないだろうけど、そこは私が積極的に訴えかけていけばいい。

エピローグ　これからのこと

今、私はドレイクとともに、エルバラン邸別邸の屋根の上にて、今日のことを振り返っている。ジストニス王国の仲間たちと別れを告げ、私は故郷へ帰ってきた。久しぶりに家族や友達と再会し、王族の面々と初めて出会い、言葉も交わし、色々と濃い一日だった。

明日以降、私は教会へ出向き、聖女としての業務が始まる。

お父様とお母様に『長距離転移魔法を使い、時間があるときに会いに行きますね』と言うと、安心してくれたものの、『帰ってきたばかりなんだし、あまり無理をしてはいけないよ』『そうよ、不満があるのなら、抱え込まず誰かに話すこと』と気を遣われてしまった。

帰還して一番驚いたのが、マリルの出世だ。まさか私のいない間に、『イザベルの捕縛《ほばく》』や『新規スキルの発見』などの功績によって、貴族になっているとは思わなかった。

それならメイド服じゃなくて、貴族用のドレスを着て出席すればいいのにと訴えた。でも、『今の私はシャーロット様の専属メイドです。それに……ああいったドレスは私には似合いません』と言われてしまう。

どうやら彼女は、平民からの人気も非常に高いようで、このまま公爵家のメイドを続けていくと、必ず不平不満が出てくると、お父様やお母様も言っていた。だから、私もどうしようかと悩んでいると、ドレイクが『それならば、あなたも私とともにシャーロット様の専属護衛となればいい』と言ってくれた。そこで人間形態になったドレイクが、フロストドラゴンのときとは異なる存在感を示したこともあり、みんなも納得してくれた。

ただ、マリルはハサン・プロミス侯爵の助手も担当しており、転移魔法の研究に大きく関わっていることも聞いた。そのため、私はすぐ隣にいたハサンさんに挨拶《あいさつ》をし、そこに私も加わりますと宣言しておいた。長距離転移魔法を持つ私が研究に協力することになり、彼はマリルとともにかなり喜んでいた。ただ、これに関しては誰にも入手されてはいけないので、数日中には研究所へ赴《おもむ》き、事情を説明する予定だ。

マリルと話したことで一つ気になったのが、マリルとハサンさんの関係だ。上司と助手というよりも、どう見ても互いに好意を持っていてどちらも告白していない間柄のように感じたので、お母様にこっそり話すと、苦笑いをされた。

「あなたもそう思うわよね。本人たちだけが、自分たちの関係をきちんと理解していないのよ。プロミス侯爵は独身だから、このままマリルと結婚すればいいのに。マリル自身も貴族の一員になれたのだから、実現可能なの。シャーロットからも言ってあげて」

と言われてしまった。これぱかりは本人たちに任せないといけない。多分、互いに年齢のことを気にしているから、一歩を踏み出せないでいるのかな？　私からは、お節介レベルとはならない何かを一押ししてあげればいいだろう。

「長い一日だったね」

「そうですね。エルディア王国の王族たちは、欲に塗《まみ》れた生者どもというわけではなさそうで、安心しました」

そう、エルディア王国の王族方はみんな温厚な人物で、支配欲などもなさそうだった。問題は他国の人たち、特にガーランド法王国の王族たちだ。帰ってきて間もないし、焦《あせ》っても仕方ないとはいえ、いずれ私自身が赴《おもむ》かないといけないだろう。

一つの冒険が終わりを告げ、新たな冒険が始まろうとしている。今度の舞台はアストレカ大陸。ここでの仲間はマリル、ラルフお兄様、オーキス、リーラ、ニナ、エリア、カイリといった面子《メンツ》かな。まだ私は八歳だし、いずれは学園に入らないといけないから、本格始動は、十歳からかもね。

その頃にはマリルもハサンさんと結婚して、案外子供も生まれているかもしれない。

まだまだ先の話だけど、ここでの生活も面白くなりそうだ。

月が導く異世界道中
Tsukiga Michibiku Isekai Dochu
あずみ圭
Azumi Kei
1~17
8.5
シリーズ累計200万部の超人気作!(電子含む)
TVアニメも大好評!!
CV 深澄 真:花江夏樹
巴:佐倉綾音 澪:鬼頭明里
監督:石平信司 アニメーション制作:C2C
レシート応募プレゼント
キャンペーン実施中!!
2021年6月4日~2021年9月30日まで
詳しくはこちら
薄幸系男子の成り上がりファンタジー、開幕!
なんでだろう親の都合で異世界へ
第5回アルファポリスファンタジー小説大賞 読者賞受賞作!
待望の書籍化!
●各定価:1320円(10%税込)
●illustration:マツモトミツアキ
1~17巻好評発売中!!
とことん不運、されどチート!!
漫画:木野コトラ
●各定価:748円(10%税込) ●B6判
コミックス1~9巻好評発売中!!

泣いて謝られても教会には戻りません！
追放された元聖女候補ですが、同じく追放された『剣神』さまと意気投合したので第二の人生を始めてます
婚約破棄され追放されたけど…
実は神様の癒しの力、持ってました!?
アルファポリス
第13回
ファンタジー小説大賞
大賞
受賞作!

〔著〕ヒツキノドカ
泣いて謝られても教会には戻りません！
追放された元聖女候補ですが、同じく追放された『剣神』さまと意気投合したので第二の人生を始めてます
婚約破棄され追放されたけど…
実は神様の癒しの力、持ってました!?
大賞受賞作!

この作品に対する皆様のご意見・ご感想をお待ちしております。
おハガキ・お手紙は以下の宛先にお送りください。

【宛先】
〒150-6008 東京都渋谷区恵比寿 4-20-3 恵比寿ｶﾞｰﾃﾞﾝﾌﾟﾚｲｽﾀﾜｰ 8F
（株）アルファポリス　書籍感想係

メールフォームでのご意見・ご感想は右のＱＲコードから、
あるいは以下のワードで検索をかけてください。

アルファポリス　書籍の感想　検索

ご感想はこちらから

本書はWebサイト「アルファポリス」（https://www.alphapolis.co.jp/）に投稿されたものを、改稿、加筆のうえ、書籍化したものです。

元構造解析研究者の異世界冒険譚 10

犬社護（いぬやまもる）

2021年 9月30日初版発行

編集－加藤純・宮坂剛
編集長－太田鉄平
発行者－梶本雄介
発行所－株式会社アルファポリス
〒150-6008 東京都渋谷区恵比寿4-20-3 恵比寿ｶﾞｰﾃﾞﾝﾌﾟﾚｲｽﾀﾜｰ8F
TEL 03-6277-1601（営業） 03-6277-1602（編集）
URL https://www.alphapolis.co.jp/
発売元－株式会社星雲社（共同出版社・流通責任出版社）
〒112-0005 東京都文京区水道1-3-30
TEL 03-3868-3275
装丁・本文イラスト－たてじまうり
装丁デザイン－AFTERGLOW
印刷－図書印刷株式会社

価格はカバーに表示されてあります。
落丁乱丁の場合はアルファポリスまでご連絡ください。
送料は小社負担でお取り替えします。

ISBN978-4-434-29401-3 C0093